W9-BTB-116

A E
& I

La amante de Gardel

Autores Españoles e Iberoamericanos

Mayra Santos-Febres

La amante de Gardel

Planeta

Diseño de colección: © Compañía
Diseño de portada: Diana Ramírez
Imágenes de portada: © Shutterstock
Fotografía de la autora: © Daniel Mordzinski

© 2015, Mayra Santos Febres
c/o Indent Literary Agency
www.indentagency.com

Derechos mundiales exclusivos en español

© 2015, Editorial Planeta Mexicana, S.A. de C.V.
Bajo el sello editorial PLANETA M.R.
Avenida Presidente Masarik núm. 111, Piso 2
Colonia Polanco V Sección
Deleg. Miguel Hidalgo
C.P. 11560, México, D.F.
www.planetadelibros.com.mx

Primera edición: septiembre de 2015
ISBN: 978-607-07-3002-3

Impreso en los talleres de Litográfica Ingramex, S.A. de C.V.
Centeno núm. 162-1, colonia Granjas Esmeralda, México, D.F.
Impreso y hecho en México – *Printed and made in Mexico*

A Luis Rodríguez Sánchez,
por las resonancias.

Ahora, bajo nuestro dueño Júpiter, muertes continuas y heridas,
ahora el mar, ahora mil senderos inesperados para morir.

TIBULO, «MELANCOLÍA»

…vendió su alma al diablo
y tú y yo brindando
por un adiós.

DOCTOR DESEO, *CORAZÓN DE TANGO*

1

Micaela Thorné

Mi nombre es Micaela Thorné y soy una mujer que recuerda. Antes fui muchas cosas. Fui una joven estudiante de enfermería. Fui la nieta de una vieja curandera. La protegida de la doctora Martha Roberts de Romeu. También fui la amante de Gardel.

Gardel tuvo muchos amores. Seis mujeres se suicidaron cuando él se fue. Una, la haitiana, se pegó fuego para morirse por el Morocho. Otra, cubana, también eligió morir como él, entre las llamas. Yo, extrañamente, no lamenté su partida de forma tan contundente. Otra muerte se interpuso en el camino de esa pena. Otra muerte y otra decisión.

Fui conquista leve, fácilmente despachable, una de las muchas que mantuvo durante giras, en medio de viajes, a espaldas de aquella novia legendaria, la única que se le conoció. Isabel se llamaba. Gardel, afectuosamente, la apodó la Gorda. Ella le decía el Viejo. Gardel contaba con treinta y cuatro años cuando la enamoró. Ella apenas con catorce. Cuando me enamoró a mí, ya era un maduro semental de cuarenta y cinco y acababa de dejar a su legendaria novia. Yo recién cumplía los veinte años. Me balanceaba sobre la grupa oscura de las hembras de mi estirpe. Tenía, además, el exacto color de la caoba y no ese tinte grisáceo de las mujeres que se mueren porque algo está terminando de comérselas por dentro.

El Morocho del Abasto me devoró como a un pajarito, pero yo quise que me comiera. ¿Quise? ¿Las cosas pasan porque queremos? Él era grande y yo pequeña. Él era Gardel y yo todavía no me convertía en la mujer que fui: Micaela Thorné de los Llanos, ginecóloga, botánica y fitóloga por afición. La primera mujer de color en cortar trompas de Falopio, en acotar contagios de enfermedades de transmisión sexual, en dirigir programas de control de natalidad. También fui la primera en explicar científicamente el poder de una planta que curaba muchos males, que aceleraba curaciones, reparaba tejidos, componía llagas. De la misma familia que la *Uncaria tomentosa*, acá en el Caribe se la conoce como *corazón de viento*.

«Pero el tango también cura», me dijo una noche mientras fui su mujer. ¿Acaso fui mujer en aquellas veintisiete noches que pasé a su lado? ¿Acaso su voz, sus canciones, los bailes que bailamos me curaron de algún mal, o fueron ellos los causantes de esta melancolía que me carcome por dentro? ¿Por qué tuvo ese efecto su cercanía? Nunca lo sabré. Quizás por esto recuento esta historia, para dejar testimonio de lo que nunca sabré: Gardel.

Cuando fui la amante de Gardel, no era más que una muchacha que se creía mujer. Por aquellos tiempos, Gardel sufría de un mal. Sífilis. Gardel tenía sífilis. Se infectó de muchacho en los puteros del Boca, o en los del Abasto. Gardel padecía del terrible mal y eso lo sabíamos unos pocos y yo.

Lo vi sufriendo de dolores de cabeza, palpé sus ganglios inflamados, atendí sus náuseas y vómitos ocasionales. Lo vi hinchado como un dirigible, otras veces demacrado. Lo acuné, él muerto de dolor y cansancio. Lo ayudé a enrollarse bufandas alrededor del cuello para proteger su voz. «Es lo único que tengo. Si pierdo esto, lo pierdo todo», lo oí mascullar. El mal le robaba su voz, no lo dejaba cantar. Y aun así cantaba.

Los ataques eran recurrentes. No se curaban con nada, ni con el legendario Calomel, ni con Salvarsán, la «bala de Ehrlich», a la que llamaban en la calle «la bala de plata». Gardel se inyectaba con regularidad. Un masajista boricua que hacía las veces de secretario seguía las órdenes de un doctor de Nueva York y le aplicaba fuertes dosis del fármaco prescrito. La solución acuosa entraba en el músculo llevando el veneno (bismuto, arsfenamina, mercurio y sodio) hacia la sangre y de ahí a las zonas infectadas. Con esas inyecciones, Gardel mantenía la infección a raya, bajo control, pero aun así le acosaba el miedo a perder la voz. Por eso me llamó. Corrijo, no me llamó a mí. Mandó llamar a mi abuela, Mano Santa. Así fue como lo conocí. Como supe de su mal. Como intimamos.

En los días que pasé junto al Zorzal, fui testigo de cómo sus «secretarios» corrían a buscar doctores, medicinas, todo en secreto. Llegaban con remedios, siempre nuevos, siempre ineficaces. El mal se apaciguaba y Gardel salía a asegurarse de que estaba vivo. Sobeteaba a fulanas, enamoraba a damas de sociedad, se rodeaba de abrazos y de vítores. Pero iba perdiendo la voz. Octavas que no alcanzaba, ardores en la garganta, quebraduras en el canto. Sólo él lo notaba. Por eso mandó a buscar a mi abuela, Clementina de los Llanos Yabó, mejor conocida como Mano Santa. Ramos Cobián, el dueño del Teatro Paramount, se la recomendó.

—Esa negra cura lo que los doctores desahucian.

Gardel envió a Riverol y a José Plaja a que salieran a buscarnos. ¿O fueron Riverol y Barbieri? No lo sé, no recuerdo bien. Han pasado ya tantos años. De lo que sí estoy segura es de que ese fue el comienzo de todo; de que más de la mitad de los veintisiete días que estuvo Gardel en Puerto Rico los pasó entre mis brazos.

Entre mis brazos. El roce, las caricias, el anuncio de lo que viene. Sus labios rozaron mi cuello, sus manos me apretaron la espalda, sus dedos me hurgaron entre las piernas, allá en mis otros labios, flor de carne. Mi corazón de viento. Yo suspiraba mojada y lo empujaba para que sacara los dedos y entrara él completo. A veces, pocas, no aguantó más y entró. Yo sabía con lo que me estaba metiendo. Sabía a lo que me estaba exponiendo, pero no me importó nunca. Él pujaba y bufaba hasta que se le amainaba el apremio y entonces se retiraba, justo a tiempo. Nunca hubo emisiones de ningún tipo. Salí ilesa de mis encuentros con Gardel; no por gestión mía, sino suya. No por mis deseos, sino gracias a los suyos.

¿Qué buscaba yo al correr ese riesgo?

¿Acaso una se arriesga porque quiere?

Después de que Gardel se fue, mi abuela terminó de morirse. Eco de tos infinita. Hilo de sangre corriéndole por las comisuras de la boca, por los huecos de la nariz que no paraba de resollar. Mano Santa aguantó todo lo que pudo hasta que una tarde de junio me pidió:

—Hay veces en que se debe ayudar a la muerte. Esta es una de esas veces.

Me metí en el cuartito de las hierbas, mezclé el bejuco de luna con la maría luisa, trituré la semilla de aguacate. Le agregué malá blanca, para aguantarle las hemorragias a mi abuela. Encontré la hoja: toqué su pelusa azul, sentí el suspiro de su tallo partiéndose, la rugosidad de sus hojas bajo mis dedos, su endeble nervadura. Agarré el anafre, puse en él el matraz del alambique con que Mano Santa calentaba sus brebajes. Me dispuse a destilar; agua, fuego, corazón de viento. Dejé enfriar su esencia verdiazul, casi un vapor en el matraz. Entonces oí el «Avanza, Micaela» ronco de mi abuela. La tintura estuvo lista. Escuché a lo lejos una tos abrupta, más violenta que las demás: era como si se le quisiera romper el pecho. Me acerqué al catrecito. Un hilo de sangre se le escurría por la nariz y por los labios. Quise llorar. Quise salir corriendo y vomitar en el patio. Quise no estar allí, siendo testigo de todo aquello. Sin embargo, me senté lentamente a los pies del catre, le acaricié la frente a Mano Santa. Tomé una punta de la sábana que la cubría y limpié su boca ensangrentada. Ella volvió a toser. Le levanté la cabeza, le ayudé a apoyar el codo para auparla un poco. Un pito se le escapaba del pecho. Le acerqué la taza que contenía el brebaje. Tomó un sorbito tan sólo. Me asusté ante lo irreversible de los hechos.

—Dame más.

—¿Y si llamo a los médicos? ¿A la doctora Roberts?

—No me van a dejar ir. Es mi hora. Me quiero ir ya, Micaela.

—Pero, abuela, te estoy matando.

Mi abuela sonrió. Me rozó la mano con la punta de sus dedos rugosos. Mientras tanto, yo lloraba.

—¿Quién me queda si te vas?

Ronquidos, pitidos, tos seca y más sangre que limpiarle de las comisuras de los labios.

—Te quedas contigo.

Pero ella no sabía de los dedos de Gardel metidos entre mis piernas. No sabía de la voz, de la tersura de aquella voz que Gardel me alojó dentro, donde habitaba un vacío que yo no supe llenar con nada más. Ni antes ni después.

Encendí la radio para esperar que el brebaje que le había dado a beber a Mano Santa hiciera efecto. Era el 24 de junio de 1935. En Medellín, en el aeropuerto Olaya Herrera, el avión trimotor Ford C-31 de la SACO se estrellaba contra otra aeronave. En el siniestro murieron quince pasajeros. Entre los muertos figuraban Alfredo Le Pera, Guillermo Desiderio Barbieri, Ángel Domingo Riverol, el piloto, capitán Ernesto Samper, y el Zorzal Criollo. Los comentaristas dijeron que ocurrió lo imprevisto, que otro avión, del doble de tamaño del primero, se deslizó por el mismo tramo de la pista, o de cielo, o en el espacio entre el cielo y la pista. Eso nunca me quedó claro. El piloto llamó por radio, gritó; nadie contestó. Desesperado, sacó una pistola. Algunos reporteros comentaron que lo hizo para pegarse un tiro, sabiendo que iba a morir; otros, que intentó hacer una detonación al aire para alertar al otro avión, esperando que a último momento el piloto de la nave descarrilada los viera y se desviara. Pero algo en la pista los deslizó contra un galpón y el avión donde viajaba Gardel se consumió entre las llamas.

Imaginé los ojos de Gardel entre esas llamas, sonriéndome. El roce, sus brazos cercándome el talle, nuestros torsos tocándose, sus dedos, pero la cara ausente. Lo recordé enseñándome a bailar el canyengue. «Quedate tiesa, chiquilla, aguantá la tensión hasta que no podás más, entonces da el paso». Su voz me ocupó entera. Sus piernas empujaron las mías hacia el aire. «Esto es una tristeza que se baila, a la que se le hace frente de cuerpo entero». Después canturreó en mi oído. Su voz, el tiro de gracia.

Me quedé aturdida, escuchando en la radio la noticia una y otra vez. Al otro día, casi de madrugada, mi abuela dejó de respirar.

Gardel estuvo veintisiete días metido entre mis piernas. Me contó todo lo que hoy transcribo. Lo que narro no es exactamente lo que me contó; narro otra cosa. El eco de las palabras y las acciones. Las reverberaciones de su voz, como una piedra que cae sobre un estanque y despierta las ondas dormidas del agua; eso cuento. Vuelvo a oír a Gardel, delirando en el trance del corazón de viento. Vuelvo a verlo batallando contra su mal. Vuelvo a bailar con él en bares de mala muerte, a conversar con él en hoteles, o en medio de carreteras que recorría acompañado de mí y de sus «hermanos» para llegar a cantar a algún lugar de la Isla. Vuelvo a las madrugadas en que me hacía girar en el aire para luego abrazarme entre las sábanas; a las madrugadas en que me contaba cosas que yo no entendía o que entendía a medias, o que comprendía perfectamente, como si las estuviera diciendo con mi propia boca. Su voz se quedó reverberando dentro de mí, como ondas debajo de la piel. Eso es lo que quiero contar. Las sacudidas de esa voz, la huella que dejó, esos nódulos que no se desatan; a ver si así al fin logro limpiarme de su enfermedad.

¿Por qué escribo todo esto? Porque me voy a morir. Cantazo de luz y lo veo. Me oigo desde dentro y desde afuera y pienso que al fin me alcanzó mi hora. No tengo una abuela que me abrace. No tengo un solo hombre, un solo hijo al lado que me acompañe en lo que cruzo las aguas. Fui tantas cosas y hoy no tengo nada. Estoy sin nadie, porque tuve miedo.

Transcribo el momento, lo recuerdo lo mejor que puedo. Le digo adiós a Gardel y guardo mi secreto y el suyo. En mi mano sostengo el frasco con la tintura que preparé para curarlo de su mal, pero que a fin de cuentas no le entregué. Me la voy a beber muy pronto. Veo al Zorzal despedirse desde el umbral de mi puerta en Campo Alegre, hace ya tantos años. Lo veo calarse su sombrero de casimir, encender un cigarrillo e irse. Esta vez no tengo miedo. Esta vez no ansío reencuentros ni revanchas. Al fin lo despido con sosiego, mientras cuento todo esto. Las palabras nos limpiarán de este adiós.

2

Campo Alegre

Viajamos esa mañana a la Plaza del Mercado de Campo Alegre desde La Doradilla. Hicimos el trayecto usual: de Mameyales caminamos hasta la plaza del pueblo al ras de la madrugada. Mi abuela caminó lento esa mañana. Le escuché un resollar como de flema enquistada en el pecho.

—Te estás poniendo peor de los pulmones, abuela.

—Es el frescor de la amanezca, que me pone así. Pero ya tú verás cuando caliente el día que la tos se me alivia, como siempre.

Pasamos frente al Centro Espiritista Caridad y Gloria, doblamos a la izquierda en la calle Degetau, paramos donde doña Julia Greg: abuela le saldó la cuenta de mis dos trajes y juego de faldas para ir a la Escuela de Medicina Tropical con un remedio de palo muñeco para don Rómulo, el marido de doña Julia, que padecía de alta presión y angina de pecho.

Pasamos frente a la Casa del Rey, donde paraban los conductores de los carros públicos. Allí se daban cita las mismas caras, los mismos ritmos, los mismos saludos. Manolo nos ofreció los mejores asientos del carro, cerca de la ventanilla, para que abuela tomara el fresco camino a la ciudad. Además, nos prometió que no iban a fumar ni él ni ninguno de los pasajeros que llevara esa mañana.

—Al que prenda un cigarrillo en este carro, lo dejo tirado en medio de la carretera —ordenó Manolo.

Era importante lo del cigarro. El humo de tabaco asfixiaba a Mano Santa. El humo, las emisiones de gas, los perfumes fuertes. Todo eso. Mi abuela siempre sufrió de los pulmones. Pero también sabía cómo curárselos. Savia de anacagüita, ungüento de malagüeta, tés de jengibre con menta… Como Manolo nos prometió una ventana abierta y cero cigarros, decidimos elegirlo a él como nuestro chofer de la mañana.

Agarramos la carretera número dos, que parte por en medio de los mogotes de piedra caliza que se alzan contra el verde profundo de la maleza. Cruzamos el valle del Toa y después el río Bayamón. Paramos en la plaza del pueblo; por sus calles ya transitaba gente, lavanderas, peones de la construcción, esposas de camino al mercado. Mi abuela le vendió al puestero de la botánica Santa Clara un fardo de hierba lombricera que recogimos en el monte, remedios de guácima para las infecciones urinales y un concentrado de jobo para curar el sapillo en la boca de los niños. Antes de tomar otro carro hacia la capital, se tomó un sorbo de jarabe de anacagüita, para aliviarse los ahogos. Partimos de nuevo. Rebasamos los puertos de Cataño, la bahía, y finalmente llegamos al barrio de estibadores que en aquella época era San Mateo de Cangrejos. Santurce para los jugadores de beisbol. Campo Alegre para los que huían como ratas del campo y de su hambre. A lo largo de las dos alamedas de su avenida se sucedían los almacenes de telas y lencería, las tiendas por departamentos y los teatros Paramount, Ambassador, Lorraine.

Cuando llegamos a la Plaza ya era media mañana. La fiesta estaba a todo dar. Esa mañana, el buque *Coamo* había atracado en la bahía; a bordo viajaba Gardel. Debutaba en el Teatro Paramount la noche del 3 de abril. Arreciaba el calor, aunque soplaban las brisas previas a Semana Santa. Mussolini invadía Etiopía, Hitler violaba el tratado de Versalles, se inventaba el nailon y se vendía por primera vez en la historia cerveza enlatada. Ahora que soy otra, recuerdo los datos, veo los sucesos pasar por mi memoria. Pero para la Micaela Thorné de aquel año de 1935, lo más importante que pasaba en el mundo era la llegada de Gardel.

Sus canciones no me gustaban de una manera particular. Mis cantantes favoritos eran Billie Holiday y Bing Crosby, aquel señor flaco de mirada soñadora y labios finísimos, inofensivo, pensaba yo, que cantaba en un inglés simpático y no en la corrosiva lengua con que enseñaban sobre puntos de Schüffner y deformaciones celulares en la Escuela de Medicina Tropical. Allí, en la Escuela, estudiaba para hacerme enfermera. Enfermera y algo más, algo mejor, algo parecido a lo que era la doctora Martha Roberts de Romeu. Ella era una señora cirujana, oriunda del pueblo de Mayagüez, en el oeste de la Isla, que todos los meses iba a visitar a mi abuela a La Doradilla en busca de un secreto. Con tal de obtener el secreto de mi abuela, la doctora Roberts me había amadrinado.

Estudiaba por el día, por las tardes ayudaba a la doctora Martha en su Negociado de Salubridad. De noche, me amanecía leyendo manuales de medicina tropical mientras oía la radio de los bares de Campo Alegre. De vez en cuando, la orquesta de Xavier Cugat tocaba un mambo. También sonaban habaneras, tríos y tangos, interpretados por Esther Borja, la Damisela Encantadora. Se oían las baladas de Ruth Fernández, el piano de Pérez Prado y a Gardel. Su voz hablaba de volver a barrios natales con las sienes encanecidas después de haberle dado vueltas al mundo. Demasiado amelcochada su voz; demasiado espesa, como los brebajes de mi abuela. No tenía el *tempo* ingrávido de los cantantes populares que venían del norte, la melodía simpática y liviana, el timbre como de día de sol.

En mi barrio, la gente se moría sin haber salido de él; se moría de hambre y de lombrices. No veían mundo, no aprendían nada, tan sólo pasaban los años. El tiempo era estático, un grillete más. Yo quería irme lejos, a ciudades llenas de autos, de ciencia, de ruido y velocidad; ciudades ligeras por donde transitaran miles de extraños entre los cuales se pudiera vivir en prosperidad. Quería irme lejos, como mi padre. No entendía aquellas canciones de Gardel; sus ansias de volver. Aquella melancolía.

Pero Gardel venía directamente de Nueva York. Para mí, su llegada significaba lujo, *glamour*, las películas de la Paramount, los Rolls-Royce, los viajes a París, la vida en grande. Yo quería conocer a uno de los que habían logrado escaparse, de los que habían logrado vivir en la Gran Ciudad. Quería participar de todo aquello, al menos escuchándolo cantar, aunque no me gustaran sus canciones.

En mi barrio de Campo Alegre, en cada bar sonaba un tango. Los marineros, borrachos a mitad del día, declaraban que era un soplo la vida; que el barrio latía con pecho de ruiseñor. Mientras tanto, las fulanas se les sentaban en las piernas, mordiéndoles los labios. Arriba en los cuartos alguna se paseaba, abanico en mano, con los pechos al aire. De entre las cortinas que ondeaban al viento se escuchaban llantos de bebés desatendidos, rugiendo su hambre.

Aquella mañana en que llegó Gardel, mi abuela y yo atravesamos Campo Alegre hasta Luz y Progreso, el puesto en la Plaza del Mercado que Mano Santa le ayudó a montar a Mercedes Lazú. Mercedes era una antigua amiga de mi abuela. Se criaron juntas en Dorado; después, ella se mudó a la capital y se metió a partera de putas. Atendía a una clientela de muchachas ojerosas que se vendían en aquella época por monedas. La mayoría eran niñas de trece, catorce años; muchas llegaban de los campos con algún hijo ya colgándoles de las faldas. ¿El padre de la criatura? Vaya usted a saber. Otras llegaban porque sí, hartas de agarrar palizas, de no importarles a nadie, con el cuerpo raro de las niñas que han vivido demasiado. Cuerpo joven y viejo a la vez; sin arrugas, pero lleno de cicatrices. Cualquier mal les echaba raíz. Partos interrumpidos se convertían en sangrías, toses de catarro las mataban de tuberculosis. Iban al puesto por una barriga, pero regresaban para que Mercedes las siguiera curando. Pero Mercedes Lazú no sabía nada de eso. De curar sabía más que nadie en la Isla entera mi abuela, Mano Santa.

Ya la estaban esperando. El primer paciente era un señor con una cortada de machete que no cicatrizaba. El segundo, una doña a quien el hijo se le había metido a borracho y pendenciero. El tercero, una muchachita de ojos tristes y barriga hinchada.

—¿Quién llegó primero? —preguntó mi abuela.

Alguien alzó la mano. Mano Santa descorrió una cortinita que dividía el puesto en dos. De un lado estaban las hierbas dispuestas sobre la mesa, perfumando los sacos que las exponían, del otro quedaba el «despacho» de mi abuela. Mano Santa invitó al primer paciente a entrar.

Enfermos, caras, el bullicio sordo de los puestos de la Plaza. Niños barrigones por todas partes, sin madre cerca. Me senté a estudiar. Repasé mis lecciones de Parasitología y Enfermedades Tropicales del profesor Pedro Kourí, y la *Guía de la parasitología humana*, de Blacklock y Southwell. Era difícil estudiar en la Plaza del Mercado. Pero allí estaba la tinta silenciosa, que poco a poco lograba que se alejaran las voces, se desdibujara aquel mundo de alharaca y gritos, de niños pordioseros que no llegarían a vivir lo suficiente. Las páginas limpias de mi libro los hacían desaparecer. «El *P. ovale* tiene varios puntos en común con los parásitos *P. vivax* y *P. malariae* que producen tercianas periódicas sin ocasionar marcado aumento de las células que los encierran». Mi libro estaba repleto de explicaciones como esas; de diagnósticos precisos, de remedios confiables, de nombres dignos. Ningún remedio se llamaba hierba cangá, ni rompesaragüey, ni dama de noche. Ninguno requería la recitación de oraciones, cantazos de luz que revelaran el origen del mal. Ninguno requería confesiones para que la curación se completara. Ninguno necesita de aliento, fricciones, el llamado de una voz para que se activara. La ciencia no cura así.

Una voz me devolvió al mundo que me rodeaba.

—Niña, ¿dónde está a la que llaman Mano Santa?

—¡Abuela! —grité.

Su mano oscura descorrió las cortinitas del «despacho».

—Dile a quien me procura que espere.

Iba a hacerlo. Pero los señores que la buscaban no parecían ser la clientela de siempre. Uno vestía como en las películas, mejor que los profesores y médicos de la Escuela. Tenía puesto un traje de casimir azul, llevaba el pelo fijado al cráneo con brillantina; lo acompañaba otro señor vestido de hilo, con sombrero panamá de banda negra. Había un tercer hombre, ahora recuerdo, que consultaba insistentemente las manecillas de un reloj.

Cerré los libros para mirarlos mejor. Cantazo de luz. Sentí algo, de esas cosas que por aquel entonces no quería ver ni sentir.

—Abuela, es urgente. Estos señores no pueden esperar.

Mi abuela descorrió la cortina. Tosió un poco mientras caminaba lentamente hasta donde los señores la aguardaban.

—¿Usted es Mano Santa?

—Mi nombre es Clementina de los Llanos Yabó. ¿En qué puedo servirles?

Ellos la apartaron a una esquina, la tomaron del brazo. De eso me acuerdo, de la mano leve, suave de Plaja contra el codo de mi abuela, al que se le formaban las arruguitas brillosas que aparecen sobre la piel cuando es negra y viejísima. Hablaron un rato. Entonces, mi abuela me dijo:

—Nena, levántate. Tenemos que acompañar a estos señores.

Cerré mis libros. Ayudé a mi abuela a buscar el saco de yute donde guardaba sus pócimas y a despachar a los otros clientes; luego seguimos a aquellos tres señores por las callejuelas de Campo Alegre hasta llegar a un lugar donde dos limpiabotas vigilaban un carro grande y lujoso. «Cadillac», decía en uno de sus costados. Me acordé de los libros de mi papá; enciclopedias que de niña hojeaba en su imprenta. Repasé en mi memoria los nombres de personajes famosos que encontré en aquellas páginas; presidentes, filósofos, científicos, ingenieros, escritores. Labat, Lincoln, Linneo, Loeffling. Apareció en mi mente la imagen nítida de mi padre imprimiendo hojas sueltas para federaciones obreras, folletines de corta duración. Lo recordé de nuevo, soñando con su gran proyecto, fundar un periódico para obreros ilustrados. Ese proyecto lo llevó a irse lejos para jamás volver. Me agarré muy fuerte de mi manual de *Tropical Diseases*. En mi mente, me preparé para un largo viaje.

Mi abuela y yo nos montamos en aquel Cadillac prestas otra vez a recorrer las callecitas, las callejuelas, los callejones de Campo Alegre. El señor Ramos Cobián se puso al volante.

Enfilamos hacia la avenida Ponce de León, saliendo del barrio de Campo Alegre. La gran máquina Cadillac me mostraba la ciudad desde una nueva perspectiva, la que ofrece una nave moviéndose sobre un río de brea; andaba lejos, protegida por la carrocería de metal que me alejaba del «resto». El resto eran casuchas de tablones carcomidos, cuartos en edificios coloniales. Arriba, en los techos de zinc, zumbaban las palomas. Mujeres con grandes fardos caminaban en medio de la calle. De vez en cuando, las camisas blancas de marineros mercantes refulgían contra el sol de la tarde.

Doblamos a la derecha. Ramos Cobián bajó por la avenida Roberto H. Todd. Cruzamos la frontera con las quintas del Condado, proyecto de los hermanos Behn, que construyeron ricas mansiones a la orilla del mar. Cerca de esas mansiones se levantaban hoteles para turistas, grandes paseos, casinos, malecones junto a las playas. Ese era el otro lado de Campo Alegre, tan sólo separado por una carretera. Lo que en Campo Alegre era bullicio, en Condado era un rumor de brisa marina. Lo que en Campo Alegre eran cloacas, en Condado eran tuberías soterradas. Lo que en Campo Alegre eran niños jugando en las alcantarillas, en Condado eran aceras amplias con nanas y carriolas para bebés.

Era como cruzar al otro lado del mundo.

Entonces Ramos Cobián encendió la radio. Música de tríos; cambió de estación, *big bands* estadounidenses; cambió de estación, una guaracha y un anuncio de ahora no recuerdo qué ungüento. ¿Tricófero de Barry? ¿Brillantina Alka? La voz de un reportero interrumpió para comentar el recibimiento que la Isla le acababa de dar a Gardel.

Una multitud de mujeres lo esperó ansiosa desde antes que el *Coamo* atracara en el muelle uno. Desde la madrugada hacían fila para ser las primeras en subir a bordo. Ramos Cobián y el señor Julio Bruno, de la United Theatres, fueron los primeros en subir para saludar al Rey del Tango. Los recibió el señor Alfonso Azzaf, publicista de la Paramount. Luego Gardel bajó de su camarote. Vestía un sencillo traje de casimir gris y sombrero de fieltro cuando entró al salón de música del vapor. Allí lo esperaban algunas damas de sociedad que componían la comisión de recibimiento y los fotógrafos. Mientras estos últimos enfocaban al visitante, Gardel sostuvo una breve charla con los periodistas. «Brevísima», se quejó el anunciador.

Gardel. Quizá con lo que me ganara ayudando a mi abuela en aquel encargo podría ir a verlo. Compraría una taquilla en el gallinero del Teatro Paramount o en el Victoria. Oí atenta la radio mientras los reporteros anunciaban los horarios de las funciones en la Isla. Iba a cantar en San Juan, en Mayagüez, en Ponce. Iba a cantar en Manatí, en Arecibo, en Cayey y en Guayama. Arroparía la Isla entera a precios populares. «Para que vaya la gente humilde, gente a quien Gardel jamás olvida», remató el reportero por radio.

Matadora, la gira de Gardel.

Entonces escuché cómo el Zorzal enviaba un mensaje a los radioescuchas. Se le oía ronco, vacilante, aunque quizá fuera el efecto de la transmisión.

«Mis amables oyentes de Puerto Rico, estoy tan emocionado que casi no puedo hablarles —dijo—. Os saludo a todos y deseo expresarles mi agradecimiento. A la tarde, cuando esté menos exaltado, os hablaré por radio para deciros lo que siento por este hermoso Puerto Rico».

Fruncí el ceño extrañada de aquel español extraño en el que oí a Gardel hablar por la radio. Español como de un cura trasnochado. Voz llena de granos, de requiebros. Recuerdo que intenté mirar a mi abuela para comentárselo, pero ella disfrutaba del paisaje que desfilaba por la ventanilla del Cadillac. El paisaje y el viento lleno de salitre le entró por los pulmones. No hay mejor cura para los pulmones que el olor a mar.

Después de la transmisión del mensaje de Gardel, Ramos Cobián y Barbieri se miraron consternados. Ambos encendieron cigarrillos. Mi abuela comenzó a toser.

«Se desliza veloz la nave como una nube de tormenta, / como esas trombas de agua que giran / cuando la tempestad arrecia, elevándose / desde el mar hasta el éter, fantasmales». Los Argonautas. Mi abuela y yo éramos las Argonautas, y aquel cigarrillo nuestra tormenta. Ella era Atlantea, yo... A mí siempre me tocaba ser Atlantea cuando jugaba a los Argonautas con mi padre. Él recitaba los versos para que me los aprendiera de memoria. ¿Pero a quién recitárselos en aquellos momentos? ¿A mi abuela, tosiendo ahogada por el humo del cigarro de Cobián? ¿A mí misma, mirándola consternada, sin atreverme a decirle al señor que apagara el cigarrillo? ¿A mi pecho preocupado? ¿A los ecos de aquella tos resonando dentro de mi pecho, como una onda oscura, recitarle los versos de Atlantea, para acallarlos?

Miré a mi abuela. Mano Santa me miró con los ojos aguados, me hizo una señal de que me tranquilizara. De «aquí no pasa nada».

Ramos Cobián condujo y fumó todavía un tiempo más por las calles rumorosas del Condado. La radio siguió encendida. Pusieron tangos de Gardel. Cruzamos las vías del tren. Una tras otra, se sucedieron las hermosas casonas que los ricos se hicieron construir en las quintas de los hermanos Behn. De repente, diez pisos altos techados con tejas rojas se izaron entre dunas de arena y palmeras recién sembradas. Las ventanas que daban a la carretera estaban adornadas con frisos y tormenteras de madera. Un enorme jardín con paseo en la entrada serpenteaba desde la carretera hasta las puertas mismas de marcos en frisos y con tiradores dorados. Mi abuela y yo nos miramos en silencio. Aquel era el famoso hotel Condado Vanderbilt, el único hotel de lujo de la Isla. Lo reconocimos por las fotos de los periódicos que nos llegaban de vez en cuando hasta Campo Alegre.

En el Condado Vanderbilt se quedaban presidentes, importantes magnates extranjeros, personalidades que se atrevían a venir a este país; a estas regiones infestadas de mosquitos, malaria, tuberculosis, anemia tropical y mil otras temibles enfermedades; donde la gente se moría de hambre, malvivía bajo el yugo de tormentas que desataban terribles epidemias y catástrofes, en condiciones de pobreza, de desesperación y de lujuria que dejaban a la gente ciega y loca a causa de incontrolables apetitos de la carne. Había que ser valiente para visitar este país, y sin embargo, la gente venía y venía. El aviador Charles Lindbergh se había quedado en el Vanderbilt. Los músicos Enrique Rambal y José Mojica también habían dormido en ese hotel. Los mismísimos dueños y su familia extendida viajaban hasta la Isla a cada rato a pasar cortas vacaciones.

Ramos Cobián condujo hasta el paseo que daba a la puerta de entrada. Estacionó y un empleado se llevó el carro. Eran las tres de la tarde. Caminamos hasta la puerta, que Plaja abrió para darnos paso. El salón recibidor bullía de gente, de damas de sociedad; nos abrimos camino entre faldas rectas, decenas de sombreros engalanados con alfileres y con plumas. El ambiente olía a perfumes fragantes. Mi abuela contuvo la tos.

Algunos de los presentes pausaban un poco para ver pasar a la extraña comitiva que llegaba con el señor Ramos Cobián, dueño de los teatros Paramount. Una dama en particular nos miró directamente, sin ambages. Brillaba como nadie en aquel vestíbulo de hotel; vestida con un traje ajustado al cuerpo, recto, pero con mangas de chifón y una falda que mostraba mucha más pantorrilla que las demás. Aquellos eran tiempos de la Gran Depresión, pero aquella señora alta, de pelo castaño, parecía no enterarse. En su muñeca tintineaba una pesada pulsera de oro con pendientes de pedrería. Creí reconocer aquella pulsera. La había visto aparecer alguna vez en la sección de Sociales de los periódicos que le leía a mi abuela cuando nos caía alguno en las manos; con un simple remedio de hierbas, Mano Santa podía curar a pacientes desahuciados por la ciencia, por los doctores más ilustres de la Isla. Pero no sabía leer.

Era Guillermina Valdivia. Después supe su nombre y nunca lo pude olvidar. Esposa del cirujano Valdivia, dama de sociedad de Yauco, pueblo al sur de la Isla, pero vivía en la capital. Tal vez era dueña de una mansión cercana al hotel Vanderbilt. Era ella quien se paseaba por el vestíbulo del hotel, enjoyada, la más hermosa entre todas, vestida con su camisa de chifón. Ramos Cobián, Barbieri, Plaja, mi abuela y yo la pasamos por un lado.

—Cobián, querido…

—Mina, felices los ojos. ¿Qué haces por aquí?

—Lo obvio. Hablé con nuestro invitado un ratito, pero enseguida se subió a su habitación. Estuvo divino en la conferencia de prensa, aunque se le veía un poco alicaído.

—Esos viajes en vapor son matadores. Ahora está descansando.

—Pues recuérdale que espero su llamada. Le di mi número, el de acá. Dile que cuando disponga, que no escatime en el día ni en la hora. Estoy a sus órdenes.

Lo dijo enfática, como comunicando un secreto compartido. Con una sonrisa forzada Ramos Cobián se despidió de la señora y al fin franqueamos el trecho. Cobián llamó al administrador.

—Por favor, avise a la habitación cuarenta y cinco que ya volvimos con su recado.

El cuerpo se me llenó de una terrible excitación.

El administrador levantó un auricular y habló con la operadora. Yo había escuchado lo que hablaron Cobián y la señora y ya no me cabía duda. Nuestro paciente era Gardel. No podía ser otro. Intenté llamar la atención de mi abuela, pero su cara mudó de expresión. No eran momentos para hacerle preguntas.

Mientras esperábamos comunicación noté cómo, furtivamente, el administrador nos miraba de cabo a rabo a mi abuela y a mí. Cobián le atajó las miradas.

—¿Algún problema, caballero?

Hubo una interrupción y un incómodo silencio. Al fin, alguien contestó la comunicación desde el cuarto. El administrador recibió el visto bueno desde arriba. Sacudió una campanita. Un botones se acercó diligente al mostrador.

—Acompaña a los señores a la recámara cuarenta y cinco.

Tomé el brazo de mi abuela. Nos dispusimos a emprender camino tras el muchacho. Enseguida, oímos la voz del administrador a nuestras espaldas.

—Disculpen, pero ellas no pueden entrar.

—¿Cómo? —preguntó Plaja a la vez que Cobián respondía, rudo:

—Muchacho, vamos a dejarnos de idioteces. Tenemos que atender un asunto de urgencia.

—Son las reglas del hotel, señores. Aquí hay invitados extranjeros que no están acostumbrados a cruzarse con… —hizo una pausa— gente de color por la estancia. Si no son empleados del hotel, no pueden estar en las áreas comunes.

Mi cara se encendió como un tizón.

—Esto es inaudito —casi gritó Cobián.

—Dejá que se entere el Mudo. Va a querer mudarse de hotel —añadió Barbieri.

Ramos Cobián miró a Plaja y después a Barbieri con la boca torcida, esbozando una mueca de fastidio. Sacó un billete cuya denominación no pude ver. Se lo entregó al hombre del mostrador.

—Caballero —repuso deteniéndose en cada sílaba que pronunciaba, como si hablara con un retrasado mental—, usted busque por dónde suben las señoras, pero no me haga perder más tiempo. Me importa un pito del color que sean. Esto es un asunto que debemos atender cuanto antes. Y, fíjese qué casualidad, su empleo depende, precisamente, de atender clientes; sobre todo a sus clientes estelares. Así que busque una solución a este dilema y que sea rápido.

La solución apareció en dos minutos.

Otro botones nos condujo por un laberinto de paredes despintadas, pisos mojados y gente. Cruzamos la lavandería y las cocinas del hotel entre tubos expuestos, vapores del fregado, sobras de comida, olor a polvo y a humedad. Una multitud de manos trajinaba sin descanso recogiendo basura, restos de almuerzos y desayunos, los excrementos de las mil digestiones que ocurrían en las tripas del hotel. Decenas de rostros turbios; rostros negros, mulatos, rostros pálidos y blancos nos miraron con desconfianza a mi abuela y a mí, a la insigne Mano Santa y a su acompañante. Secaron sus sudores, empujaron cabizbajos carros de ropa sucia, botes de basura, bandejas de platos. Cerraron sus miradas y ya nada existió, ni ellos ni nosotras. Por las trastiendas del Condado Vanderbilt pululaba un enjambre de invisibles que no existían más que en ese subsuelo.

Entre ellos, otra escalera de madera se extendía por los interiores de un pasillo.

—Suban hasta el cuarto piso, doblen a la derecha y busquen la puerta cuarenta y cinco. Allí están alojados sus patrones.

«No son mis patrones», iba a aclararle.

Una mano rugosa se posó en mi antebrazo. Mi abuela me aconsejaba callar.

Un piso, otro, pasillos sin ventilación. Mi abuela subió pesadamente cada peldaño. Resollaba. Le volvió la tos. Nos estaban haciendo subir por la trastienda. Nos obligaban a escurrirnos entre sombras, como sabandijas. En realidad yo quería ver a Gardel, ¿pero debía pagar ese precio? ¿Debía pagarlo mi abuela?

—Vámonos de nuevo para Campo Alegre, Mano Santa. Tú ya no estás para estos trotes. Vienes a hacerle un favor a esta gente, y mira cómo te tratan.

—Me tratan como siempre me han tratado. Además, yo no vengo a hacer favores, vengo a curar; a hacer lo que me toca.

—¿Lo que te toca, abuela?

—Lo que nos toca.

Llegamos al cuarto piso. Mi abuela se recostó en el barandal de la escalera. Tomó aire. Sacó un pañuelo de su escote y se secó el sudor. Luego se alisó las trenzas que doblegaban su melena crespa. Miró un momento dentro del bolso de yute donde guardaba sus tinturas, sus remedios. Sacó el frasquito de jarabe de anacagüita y se tomó un trago largo. Luego me sonrió.

—Ojalá paguen bien. Esos libros tuyos cuestan un dineral.

Puerta cuarenta y cinco. Resuelta, mi abuela tocó la aldaba. Se retiró dos pasos hacia atrás a esperar que nos abrieran. Adentro, los señores discutían, desde afuera se escuchaban rumores. Cuando abrieron las puertas no pararon de hablar.

Ramos Cobián se había quitado el sombrero panamá; Plaja y Barbieri fumaban contra la ventana abierta. Afuera rugía el mar, azotando la playa falsa que habían mandado a construir los Vanderbilt para los huéspedes de su hotel. A los jardines se los comía la sal. Un señor enjuto, de nariz larga, seguía la conversación sentado sobre uno de los sofás. Era Le Pera: se le notaba preocupado. Barbieri tiró la colilla de su cigarrillo ventana afuera.

—Desde esta mañana la cosa se ha puesto peor. Insisto en que lo llevemos al hospital.

—No andés diciendo macanas, Desiderio, ¿y si se entera la prensa? Además, la furia que le va a entrar al Morocho. No quiere saber de hospitales.

Al fin se dirigieron a nosotras.

—Señoras, perdonen, pero ustedes comprenderán. Tenemos un amigo que se encuentra muy mal.

Nos explicaron de los dolores de cabeza, de la hinchazón en la cara, en la garganta, los vómitos.

—¿Sufre de eso con frecuencia? —preguntó mi abuela, sin inmutarse. Los señores se miraron en silencio. Finalmente, Le Pera contestó:

—Sí.

—¿Dónde está el enfermo?

Uno de los señores se levantó del sofá y caminó hasta una puerta cerrada. La abrió. Adentro estaba todo a oscuras. Un pesado cortinaje ocultaba los rayos que aún sobrevivían a la tarde. Un resuello surgía de entre los almohadones de la cama. Dos almohadas aupaban una cara palidísima, enmarcada por un pelo muy negro. Me detuve en seco ante la visión de aquel rostro regordete, inflamado: grandes bolsas colgaban debajo de los ojos, una pátina de sudor le cubría la frente y la barbilla. ¿Aquel era Gardel? No tenía la mirada de hombre cautivador ni el mentón desafiante ni la sonrisa entornada. ¿Era ese el hombre de los cines, de las carátulas de discos, de las fotos en los diarios?

—Ven conmigo, Micaela.

Abuela caminó hacia una de las mesas de noche que bordeaban la cama. Empezó a desempacar las cosas que cargaba en su cartera de saco: tinturas, ungüentos, alcoholados y un envoltorio secreto. Una hoja de nervaduras oscuras recogió la poca luz que cruzaba por la habitación; sus pelillos azules despidieron el habitual olor a moho agrio. Abuela sacó la hoja de su envoltorio, la untó con manteca de ubre de vaca, le echó un chorrito de alcoholado y comenzó a amasar. Fue rompiendo la hoja entre los dedos sin guantes. Recordé palabras oídas en la Escuela: «La salubridad es lo esencial. La mayoría de las enfermedades ocurren por la transmisión de bacterias, de suciedad».

Miré las manos sudadas de mi abuela, sus uñas llenas de grietas, sus manos negras. Bajé la vista.

Mi abuela acercó la hoja rota a su boca. Le echó su aliento, susurrando sobre la hierba.

—Aquí estamos requiriendo tu divina intervención, corazón de cielo, corazón de nube, corazón de viento, por lo blanco, por lo verde, por lo azul. Tu guardiana, Clementina de los Llanos Yabó, hija de Clementina Yabó, nieta de Julia Yabó, descendiente de María Luisa Yabó Candelaria, Mercuriana de los Llanos Yabó, pide que despiertes y que actúes, en el nombre del Padre, del Hijo y del Espíritu Santo, por lo blanco, por lo verde, por lo azul.

La operación se repetió tres veces. Manteca de vaca, alcoholado de malagüeta, rompimiento de la hoja, aliento y oración. Luego mi abuela le puso la cataplasma en la cabeza al enfermo, después en la garganta, sobre el puente de la nariz, en ese orden. Al final la posó sobre las dos mejillas, formando la señal de la cruz.

—Micaela, pídeles a los señores una taza.

Sin que mediara palabra, Barbieri me trajo una taza de porcelana blanca. Se la tendí a mi abuela. En ella, Mano Santa vertió un chorrito de jazmín de río, una cucharada grande de extracto de amapolas, gotas de judío errante para las neuralgias faciales y la migraña. Todo lo midió al ojo. Las diluyó en agua. Entonces, se enjuagó los dedos viscosos de la planta en esa agua. Quedó listo el remedio que se le daría a beber a Gardel cada cuatro horas. Abuela le dio la primera dosis. Luego, jaló una silla junto a la cama; sin limpiarse por entero las manos, tomó las del enfermo. Se acercó a su oído, le susurró unas palabras y le ordenó: «Habla».

Gardel comenzó a musitar, mi abuela a escucharlo. Así pasó la primera hora hasta que ella, cansada, comenzó a toser. Se contuvo, pero aquella tos seca, como de respiro encajado, la estaba desconcentrando. Entonces, Mano Santa me llamó con un gesto de la cara; puso la mano de Gardel entre las mías.

—Sigue tú —ordenó.

3

Viajes

—Cuidado con oír demasiado. Cuidado con quedarte pendiente de
lo que el enfermo habla. La planta es un trance compartido.

—*Chiffon... font... font, la petite marionnette...*

No sabía que era francés lo que hablaba, pero igual me aprendí
las palabras. Después, al correr de los años, aprendí la lengua y supe.

—*Chiffon... font... font, dormez vous rapide*—murmuró. Tragó fuerte, suspiró.

Mi trabajo era cuidar de que el enfermo no se apartara del todo
de este lado de la realidad. Había visto a mi abuela llevar a cabo el
procedimiento muchas veces. Lo único que tenía que hacer era vigilar el trance que la planta induce en el enfermo; tomarle los pulsos, agarrarle fuerte la mano, acercar el oído al pecho, la nariz a las
respiraciones. Debía oler las emanaciones que exhalaba para saber
si eran dulces o avinagradas. En caso extremo, debía susurrarle al oído cuando se quedara callado, para inducirlo a seguir hablando. Era
la forma de retenerlo del lado de acá; que no se nos fuera a morir el
pacientito. A veces, el corazón de viento mataba.

Gardel habló. Contó con lujo de detalles su infancia, como si la
estuviera viviendo de nuevo. A veces murmuró cosas incomprensi-
bles, otras se interrumpió con frases incoherentes. No hacía falta que
se le entendiera, tan sólo que no se perdiera en un gran sueño. Yo
lo escuché lo mejor que pude, aunque por momentos tan sólo vigilé
sus pulsos. Le sujeté la mano, con los dedos apreté las venas. Le busqué otro ritmo, el de las linfas que corren a la par que la sangre y los
latidos del corazón: esas eran las que me decían por dónde andaba

la curación. Cómo se iban reparando las hinchazones, cómo se destapaban los conductos. Eso era lo que reparaba la planta. Pero había veces en que me dejé llevar por el cuento que iba contando. No hice caso a las advertencias de mi abuela.

Habló de unos brazos pálidos, cruzados por quemaduras que se ponían marrones. Un mapa de quemaduras.

—Mi madre —dijo—. *La marionnette* —murmuró—. Y yo, *une poupée méchante*. El hijo sin padre, del viento.

Después habló de un río. Su voz era suave como las aguas de ese río.

—Mapamundi de planchadora que canta con tos; con los ojos tristes cada vez que llego llorando porque me he caído. Nadie me levantó ni me consoló; nadie quiso tocar al hijo de la lavandera. Me caí en la calle, miento. Nadie me hizo daño, me caí yo solo, miento. Nadie —contó—. ¿Hijo de quién?, hijo de *rien*. Pero era un pibe, ¿qué iba a saber yo, *marionnette*?

Niño rechoncho y rabioso. Niño oscuro y gordo, con el pelo muy negro. Él mismo se describió. Su madre era pálida, muy pálida.

—¿A quién salí tan trigueño, *Maman*? ¿Por qué no soy como tú?

—Ese es mi color de adentro —me contó que le contestó su madre y unió su piel a la mía, como si estuviera hablando con ella.

—¿Ves cómo se me escapa el color; cómo tiñe mis brazos?

Había un río que cruzaba la ciudad y un viento que hablaba por las noches.

—*Il emporte tous nos papiers en avant. On pourrait même lui briser le coeur.*

A veces llegaba un señor a la casita.

—El coronel —contó Gardel.

De la casita desaparecía el olor a agua quemada, a almidón sobre ropa caliente, a carbón quemándose. El señor traía provisiones, carne fresca. Se hacía fiesta en la casa. La madre cocinaba. Esas noches, también hacía largos cuentos. Cuentos sobre viajar. Su madre creció de niña en Venezuela, luego regresó a Toulouse cuando ya era moza. Después se volvió a montar en un vapor.

—Conmigo en brazos —susurró Gardel, o preguntó—: ¿Conmigo en brazos?

No recuerdo bien. Su voz se entrecortaba en el delirio. Creo que lo preguntó. Su mamá le contestó que había que perseguir el viento. ¿O dijo *vento?* Luego supe que *vento* era dinero; *vento,* viento, algo que se escapa también, en ese otro español.

Su madre le contó de una ciudad donde todo era opulencia. Allí reinaban las luces, los teatros, alamedas llenas de gente. En esa ciudad había una torre rodeada de jardines, a orillas de otro río que hacía que la gente cantara sin parar. Su madre nombraba esa ciudad y se le aguaban los ojos. Eso era en los días en que el coronel no llegaba. Berthe se ponía taciturna. Hosca. Paraba de cantar. Salía a recorrer las calles de Toulouse, volvía con fardos y más fardos de ropa. Trabajaba de día y de noche planchando.

—Yo no quería que se fuera a la calle. No te vayas, *Maman,* no me dejes solo. Vete y no vuelvas nunca. ¿Hijo de quién voy a ser? Era culpa de ella; *la marionnette, amenée par la brise, par le vent* sin rumbo; no te vayas, *Maman.*

—Estoy guardando dinero para cuando nos mudemos de estas montañas llenas de hambre y frío —le decía su madre—. Estoy trabajando y ya verás lo felices que seremos cuando nos vayamos de aquí.

Entonces se fueron del pueblo. Cuando partieron, el niño Gardel pensó que era a la ciudad aquella con la que soñaba su madre. Pero no, se fueron a un puerto. Luego se montaron en un barco que los llevó al otro lado del mundo.

—Nos vamos a *faire l'Amérique*—le explicó *Maman.*

Dom Pedro, decía a un costado de la nave que los esperaba en el puerto. *Maman* le mostró las letras, las dos curvas de la «m», la barriga de la «d», el hueco de la «o». Se embarcaron. El *Dom Pedro* transportaba mil doscientas personas en sus camarotes de cuarta. Olía a vómito y a sudor, a pan rancio y a combustible con salmuera. Por el ojo de buey por donde a veces entraba el aire, su *Maman* le mostró una bestia gris que sacudía su lomo contra el horizonte; subía y bajaba el lomo del mar. Rugía con voz de viento, pero no entraba en el camarote. Su madre abanicó a Gardel niño con un cartón para que no se mareara. Le habló de lo que harían en la tierra a la que iban. Le enseñó el mapa que le cruzaba los antebrazos.

—¿Ves esta?

—*Laquelle?*—preguntaba el niño.

Una quemadura muy larga terminaba en punta.

—*Nous allons à un endroit qui lui ressemble.*

Seguí escuchando atenta. «La planta es un trance compartido», me advirtió mi abuela; pero no quise creerle. Después de todo, ¿qué iba a saber una vieja curandera que no tenía un título médico, que tan sólo repetía lo que le habían enseñado otras viejas perdidas en el tiempo? ¿Cómo iba a creerle a alguien que no había estudiado Medicina ni Botánica? Ella no era Robert Brown. Ella no sabía de sus periplos por las islas de Madeira. Ella no recogía notas de las plantas que encontraba ni las planchaba cuidadosamente entre papel secante y prensas de madera. En el rancho de La Doradilla, las muestras de hojas de mi abuela yacían tiradas por el suelo en ramilletes, o colgadas del techo de zinc y tablones por donde se arrastraban las ratas. No había cajones organizados, con dibujos que demostraran sus características botánicas, ni apuntes que hablaran de sus cualidades. Mi abuela era una bruja de barrio, una curandera. No operaba con criterio científico. A gente como ella, el sueco Linneo y el alemán Von Humboldt les tomaron medidas de partes de su cuerpo, dibujaron y detallaron las características de sus cabezas, piernas, pistilos. Las estudiaron como si fueran plantas. Mi abuela era como esa planta que tanto guardaba; otro espécimen que el científico se encontraba por la selva. ¿Por qué creerle más de la cuenta?

—*Nous allons là-bas* —contó que su madre le dijo—. Ya verás, todo será distinto. Nos haremos ricos. Tú me comprarás una casita.

—Mas yo pensaba —confesó Gardel—: escaparé, escaparé, escaparé.

El agua se fue poniendo roja. Entonces apareció una costa, un hato de construcciones apiñadas, un puerto. En el agua empezaron a flotar algas, cajas podridas.

—Ya llegamos —suspiró *Maman*.

En el puerto hacía frío. Por la escalerilla del barco empezó a bajar gente muy pálida. Los de primera con sus baúles y abrigos de pelaje. Los de segunda, con sus maletas y cajas de madera. Los de tercera con sus bolsos y cajas de paja. Los de cuarta con sacos, cajas de cartón amarradas con soga, caras desvencijadas por el viaje. Algunos bajaron enfermos. Abajo, negros estibadores descargaban los barcos.

—*Maman*, guarda.

Su madre le tapó la boca. Con un dedo en sus labios, le exigió silencio.

—Aquella piel brilla. *Maman, regarde.*

Pero *Maman* lo jaló del brazo. Caminaron por una calle larga, luego por muchas otras. Encontraron al fin donde podían quedarse. Anaïs Beaux, la que se fue antes que ella, les consiguió el cuartito. *Maman* Berthe habló con los caseros. Gardel, sorprendido, escuchó a su madre hablar una lengua ajena, diferente a la de ellos. Hasta entonces no supo que su madre sabía español.

Se echaron a descansar en unas camas de saco. Esperaron en Montevideo a que llegara una carta de Anaïs.

La carta no llegó.

Otra vez las quemaduras. Vaho a agua quemada, carbón, vapor. Otra vez las miradas mohínas. ¿Hijo de quién? Hijo de *rien.* Hijo del viento. El olor de *Maman* se empezó a mezclar con el olor de los puertos. Su madre olía a agua estancada y a alga pudriéndose entre las manchas de aceite y las mareas.

La madre tomó planchado, ropa que remendar. Pasaron los días, las semanas. Berthe empezó otra vez a cantar, pero en esa otra lengua, la nueva.

—*Que sont ces chansons, Maman?*

—Las aprendí de niña en Venezuela.

—Bonito timbre, pero no. ¿Qué iba a saber, qué podía saber yo, si era un pibe? *Maman,* dejá de cantar, dejá de llamar la atención. Los hombres te miran. Dejá, *Maman,* de ser *la marionnette.* No cantes.

—Qué altos los balcones / siempre que sueño las playas / gimiendo por ver el mar.

De repente, Gardel paró de cantar la canción de su *Maman* y calló del todo. Le tomé los pulsos. Esperé un buen rato. Luego quise que en el cuarto estuviera mi abuela. Ella sabría cómo volver a hacerlo hablar. No se me ocurrió otra cosa que cantar lo mismo que hacía un rato él estaba cantando. Con mi voz quebrada, acostumbrada a callar, con la voz de la muchacha que una vez fui, canté.

—…siempre que sueño las playas, gimiendo por ver el mar.

Gardel siguió callado, pero en el pulso se le notó un leve sobresalto. Después tragó fuerte, hizo una mueca de dolor. Respiró profundamente.

—Normal número veintisiete —murmuró—. Éramos veinticinco alumnos, cerca del Teatro Astral. Ahora todo es de los judíos. Grandes familias, abuelos venerables. Las mujeres llevaban a sus hijos a la escuela. Se tapaban las cabezas con pañolones de flores. Sólo mostraban sus grandes ojos con sorna, mirando a mi madre llegar. *Maman, la marionnette,* de la mano del hijo de quién. No te juntes con esa gentuza, Gabriel, Gabriel, vení, crucemos la calle. Escaparé, escaparé, escaparé y te dejaré sola, *Maman,* y así morirás sola, planchando; quemándote en tu infierno hasta que te lleve el viento. Porque yo no te pedí —tosió Gardel—, no te pedí este giro.

Después de la escuela, él tenía que recoger los fardos de ropa que su *Maman* planchaba. Berthe lo pasaba a buscar con una gran canasta a cuestas. Un vecino les prestaba un carretón que el Francesito empujaba.

—Francesito, que le pongan almidón y que le cosan los botones y el ruedo.

—Francesito, que me traigan las camisas del marido el martes.

No quiso seguir ayudando a recoger lavado. En cuanto pudo, se escapó a los puertos.

—…olor a alga pudriéndose en el viento. Ese olor por todas partes.

El olor lo acompañaba de la casa a la escuela, de la escuela a los bares, donde se dedicaba a barrer aceras, pulperías, a estibar cajas para los almacenes. También lustraba calzado, el de los señores perdidos que merodeaban por los puertos buscando «negocio». El Francesito los llevaba hasta donde estaba el «negocio». Mujeres, naipes, dados, apuestas, licor. Hasta allá caminaba el niño rechoncho, demasiado grande para su edad, un tanto ojeroso, acompañando a un accidental «señor» que necesitaba guía para no perderse en su giro por los antros. El niño lo guiaba hasta los cuartos oscuros en el traspatio de los bares. Después se dedicaba a masticar la espera. Andaregueaba por las calles de los puertos en lo que caía otro «pargo». Se dedicaba a aprender que las calles tenían dueño. Eran del territorio de la pandilla del Mosca, o de la pandilla de Gil Puños; de la pandilla del Azul. Se dedicaba a buscar pandilla. Había que hacerse de una pandilla en los puertos, había que hacerse de «hermanos» entre las calles llenas de hijos de madres que trabajaban demasiado, como la de él.

Con esas pandillas aprendió a robar, a jugar naipes, a apostar. A veces los guardias lo corrían hasta la casa. Su madre empezó a llorar. A dejar de cantar.

—Al fin se calló —repuso Gardel.

Las apuestas. Al poco tiempo, el Francesito se convirtió en un lince para las apuestas. Les montaba conversación a los señores, los entretenía con chistes, estribillos de canciones de moda, con un jueguito de naipes en lo que esperaban su turno en casa de las fulanas. Había días en que Gardel lograba traer alguito de *vento* a la casa. Berthe no preguntaba de dónde salían los billetes. No quería saber.

Mientras tanto, el candombe de los puertos resonaba en los traspatios de tablones donde quedaban los cuartitos adonde llevaba a su clientela.

—Negro José / eres diablo, pero amigo, Negro José, / tu futuro va conmigo, Negro José. / Yo te digo porque sé.

En los puertos oía murgas. Las tarareaba y el viento dejaba de apestar a cosa podrida. Se podía respirar.

Un suspiro profundo del enfermo me devolvió al cuarto del Condado Vanderbilt. El aire denso de las madrugadas entró por la ventana abierta de la *suite* cuarenta y cinco. Olía a sal profunda; a mar. Por el resollar tranquilo del paciente, supe que Gardel había terminado su trance bajo los efectos del corazón de viento. Todo había concluido, al menos por esa noche.

Gardel cayó en un profundo sueño. Noté la placidez de sus latidos. Su aliento se refrescó. Las fuerzas volverían al cuerpo, que entonces tendría capacidad para sanarse a sí mismo. Eso y los otros remedios de mi abuela lograrían la curación.

Miré el reloj. Eran las cuatro de la mañana, hora de la última dosis de té de amapolas con miel y jengibre. Eso le acabaría de desinflamar la garganta. Le di el remedio. Me desentumecí completa, estirando el cuello, rotando hombros. Luego, le di la espalda al enfermo y empecé a empacar los frascos de mi abuela. De repente, sentí una mirada que resbalaba por mi espalda mientras recogía mis cosas. Desde la cama, otro Gardel abrió los ojos.

—¿Quién sos?

—Micaela Thorné, vine a curarlo.

Me dispuse a defenderme de Gardel, por si intentaba herirme; degradarme. Lo miré directamente a los ojos y me puse en guardia. En aquel entonces, todavía, eso es lo que esperaba de los hombres.

—Qué rica estás, negra. Dame acá esas ancas para que veas cómo te monto. Aprovecha a este macho que te quiere hacer el favor…

Pero de Gardel me podía defender. Sabía lo que le pasaba. Se lo había sentido en la sangre y en sus aguas. El Morocho me sostuvo la mirada.

—No te vayas todavía —susurró y se hizo a un lado en la cama.

Para mi sorpresa, caminé hasta el borde del lecho y me senté. Gardel me atrajo hacia él, hizo que me echara a su lado. Me abrazó. De nuevo se quedó dormido.

No sé a qué horas, el sueño me venció a mí también.

Los señores me descubrieron en la cama de Gardel entradas las nueve de la mañana. Allí en el cuarto se presentaron los hombres del día anterior junto con Azzaf y uno de los dos José secretarios. Sentí una mano en el hombro y luego un ceño fruncido clavándoseme en la cara. Cuando apartaron las sábanas y vieron que estaba vestida, cambió el clima del salón.

—¿Cómo sigue? —me preguntó alguno.

—Está mejor.

—¿Podrá cantar esta noche? —añadió Ramos Cobián.

Asentí con la cabeza.

—¿Viste que se le bajó la hinchazón de la cara? —comentó Barbieri con una alegría de niño grande.

Todos se acercaron despacio, con cuidado de no despertar a Gardel que seguía durmiendo. Lo miraron detenidamente, asintieron.

Entonces, Le Pera me dijo agradecido:

—Usted y su abuela son un ángel.

«Las dos somos un ángel», pensé. No yo, no ella, sino las dos. Una la prolongación de la otra. Alas, túnica, arpa, dos caras, un mismo cuerpo.

«Nunca seré otra cosa que la nieta de Clementina de los Llanos, un eslabón en la cadena de curanderas que me precedieron. Nunca seré la doctora Thorné».

¿Por qué pensé eso? ¿Por qué la cabeza piensa cosas y luego las vuelve concretas? Ahora que muero sola, ¿de qué me vale haberme convertido en una persona aparte, haber dirigido mi vida entera a convertirme en esta separación? ¿Debí haberme contentado con ser otro eslabón en la cadena? ¿Debí haberme conformado con ser yo? ¿Pero quién era este yo, la muchacha que una vez fui, la mujer que ahora veo deshacerse en esto?

La Micaela Thorné de aquellos años no pudo evitar pensar en esa cosa frágil que era, ese ángel de dos cabezas que nunca podría convertirse en una sola persona. Ser cosa distinta; persona en sí, para sí. Ciudadana, profesional, unidad entera. La muchacha que una vez fui reaccionó a todas esas cosas que se la podían tragar: el color de su piel, la pobreza de su Isla, el cuerpo que la contenía, los conocimientos inservibles de su abuela.

Me enojé. Me levanté de la cama de un brinco para irme, llena de rabia. Agarré el bolso de yute de mi abuela, eché adentro los envoltorios de hojas que aún yacían sobre la mesita de noche. Comencé a arreglarme las trenzas, a alisarme la ropa con las manos. Caminé hasta la puerta del cuarto. Lo único que quería era salir de allí.

De mis empeños me sacó Azzaf, que en uno de mis giros por el cuarto puso un billete de veinte dólares en mi mano. Me detuve en seco. Miré con cuidado la denominación del billete. ¿Veinte dólares? Sí, eran veinte.

—Esto es demasiado.

—A ver si la próxima vez me escuchan —protestó Ramos Cobián.

Extendí la mano para devolver aquel disparate de pago. En aquellos tiempos en que atendí a Gardel, una hogaza de pan costaba tres centavos, cinco un pasaje en *trolley* eléctrico. Un automóvil, quinientos dólares. Veinte dólares era una pequeña fortuna.

No iba a dejar que se burlaran de mí otra vez.

—No, señorita —me repuso Le Pera, doblando el billete de nuevo contra mi mano—. Usted nos ha hecho un gran favor.

Yo insistí pero más insistieron ellos.

—Quédatelo —repuso Barbieri.

—Se lo ha ganado —añadió Plaja.

Corpas Moreno, Riverol y Azzaf asintieron junto a los demás, sólo Ramos Cobián se apartó.

Los «hermanos» de Gardel me ofrecieron desayuno, una tacita de café. Insistieron en llevarme de vuelta a Campo Alegre en automóvil; entregarme sana y salva en las manos de mi abuela. No quise ni el café ni el aventón. Preferí irme en ayunas, caminando, con el billete bien guardado en los refajos.

Ya en el umbral de la puerta, Barbieri me detuvo con un último obsequio por mis trabajos.

—Señorita, tenga.

Puso en mis manos dos boletos abiertos en sección de palco para el Teatro Paramount.

—Para que nos oiga cantar cualquiera de estas noches que le plazca.

Luego cerró la puerta. Yo me encaminé hacia la escalera que me llevaría a las tripas del hotel, pero cambié de idea. Bajaría por las escalinatas: caminaría por el centro mismo del recibidor. Que los botones armaran el escándalo que quisieran. Que se atrevieran a importunar a los señores que yo acababa de servir, en especial al que le devolvía la voz. Que me miraran con odio, con rabia, con sorna todo lo que quisieran.

No iba a darles el gusto de esconderme por las esquinas.

4

Negociado de Salubridad

Era martes, 2 de abril. La noche anterior había curado a Gardel y me quedé dormida entre sus brazos. Luego regresé caminando a Campo Alegre con un billete de veinte dólares en el refajo. Cuando llegué, mi abuela no estaba en el cuartito, a Dios gracias; no habría tenido tiempo para decirle por qué regresaba a aquellas horas. Ella hubiese querido saber. A mí me hubiese encantado contarle parte de lo que pasó; una pequeña porción de lo que viví aquella noche. Pero ni para eso tuve tiempo.

Me quité la ropa sudada tan rápido como pude. Escondí el billete debajo del colchón de la camita donde dormía, pinchado entre las páginas de la *Encyclopaedia Britannica* que me acompañaba a todas partes. Me desvestí. Me di un baño rápido de aguamanil y estropajo. Me eché esencia de azucenas debajo de los brazos, entre las piernas, volví a trenzar mi melena encrespada y me cambié de ropa. Tenía que llegar rápido a la Escuela de Medicina Tropical.

La tarde de ese martes me tocaba hacer una práctica en el hospital de la Escuela, entre los enfermos de anemia; debía aplicar el remedio del doctor Ashford, vacuna de ascaridol contra las lombrices que causan la anemia tropical. El remedio era idéntico al que sacaba mi abuela de la hierba lombricera, pero en concentraciones más altas y con un toquecito de quinina para matar al gusano sin matar al paciente. Todos sabían en la Escuela que, al principio de sus investigaciones, a Ashford se le había ido la mano, que se llevó a algún anémico enredado en sus experimentos. Pero el viejo fundador de la Escuela de Medicina acababa de morir el año pasado y recién lo convertían en un santo. Salvó a miles de morir chupados por las lombrices. Exportó su vacuna a toda América del Norte y Central; sanó a millares de recogedores de algodón de Alabama y Mississippi, a cortadores de caña de Costa Rica, braceros de henequén de Mérida, recogedores de café de Guatemala, obreros de la United Fruit Co. Como los braceros no se caían de sueño ni se morían con la panza explotada de parásitos, las producciones agrarias aumentaron. Ashford había logrado que la región tropical entrara en el plan celestial de la (no, con mayúscula) Modernidad. Ricos industriales compartirían sus ganancias con los más desvalidos de la Tierra. Desde arriba caería el maná. Como por arte de magia llegarían los alcantarillados, el agua potable, la cura para todas las enfermedades. La prosperidad andaba a la vuelta de la esquina.

Si tan sólo los obreros no insistieran en declarar huelgas.

La misma doctora Roberts alababa a Ashford. Despachaba sus errores como pajas que le caen a la leche: un campesino muerto más, uno menos; no debía importar. Todo se hacía en aras del bien común, el progreso y la conquista de la Naturaleza.

La Escuela de Medicina Tropical erguía sus torres altas, decoradas con leones, mosaicos moriscos, balaustres de madera, hojas de acanto. Todas las puertas abrían hacia un amplio patio interior, decorado por una fuente de cuatro surtidores de agua. Alrededor de esa fuente, un cuadrángulo de tres pisos albergaba salones de clase, un despacho forense y un pequeño dispensario. A un costado de la fuente quedaba otro patio, sembrado de pinos y una acacia: viejísima y carcomida por el salitre, moría lentamente la muerte de los vegetales. A su alrededor, columnas y arcos desafiaban el mar que arremetía contra el acantilado donde se erguía la Escuela. Densas nubes de salitre se posaban por todas partes. El olor, ese olor a salitre, lo impregnaba todo.

Llegué a la Escuela a cumplir con mis obligaciones. Accedí por la puerta trasera, la que da al Atlántico. Aunque tuviera que rodear el edificio, prefería entrar por esa puerta que por cualquiera de las otras cuatro que se abrían hacia la avenida Constitución. Traspasar ese umbral era como entrar en un templo.

Caminé contra la brisa agreste preñada de salitre.

Sal por todas partes, contra las hojas de acanto. El primer día que pisé los predios de la Escuela, perseguí a la doctora Roberts de Romeu como un perrito faldero. Era yo un animalito obediente y asustadizo. Ella me hizo trasponer la puerta del templo sagrado, subir sus escaleras de mármol; admirar la cúpula que coronaba las espirales de aquella escalera. Un candelabro adornado con hojas en metal colgaba del mismo centro de la bóveda. El motivo de las hojas se repetía en frisos que hacían descansar la cúpula en falsas columnas corintias empotradas en la pared.

Seguí a la doctora Roberts hasta registraduría.

—Esta es Micaela Thorné y viene a matricularse en el nuevo curso de enfermería.

La registradora me miró de arriba abajo.

—Doña Martha, ¿la niña se graduó de alguna escuela o esta es otra de sus parteras? Mire que las dos que me trajo el último semestre no aguantaron, y antes de terminar el año ya se estaban dando de baja.

Yo interrumpí sacando mis transcripciones de graduación de la Escuela Superior Pedro López Canino del pueblo de Dorado. Aritmética, «A»; Español, «A»; Ciencias Biológicas, «A»; Economía Doméstica, «A».

—¿Y qué tal anda en inglés? Porque todos los libros de esta Escuela son en inglés. No sé si sabes, muchacha.

Llena de un espíritu que saqué no sé de dónde, comencé a recitarle a la registradora pedazos de la enciclopedia con que mi padre me había enseñado. Le hablé en el idioma de mis ancestros mulatos, pastores episcopales de la isla de la Trinidad. Le hablé de cómo Joaquín Jungius desarrolló un lenguaje científico para las plantas, de cómo John Ray perfeccionó ese lenguaje; de cómo el sueco Linneo pudo desarrollar su taxonomía basada en la nomenclatura inglesa de la flora y del fruto.

La registradora quedó estupefacta ante mi dicción y mi conocimiento. ¿La sorprendí? ¿Me creyó capaz de recibir y procesar conocimiento o meramente de repetir como un animal bien amaestrado? No lo sé. A estas alturas poco importa.

Ante el asombro de la empleada, la doctora Martha sonrió.

—¿La vas a matricular ahora, o te la dejo para que te recite lo que sabe de nomenclaturas denominales?

Ese primer día, después de que llené papeles y obtuve cita de orientación para estudiantes de nuevo ingreso, regresé corriendo a Campo Alegre. Me acogieron las vitrolas a todo volumen, la alharaca sorda escapándose de los cuartos de mancebía y de los bares. Crucé todo aquello a largas zancadas. Entré en mi cuartito, el que me había rentado mi abuela para que me pasara la semana estudiando en la Escuela en lo que ella llegaba de La Doradilla con su fardo de remedios. De debajo de la cama saqué el tomo de la *Encyclopaedia Britannica*. Busqué hasta encontrar los frisos y columnas dóricas, jónicas, corintias. Allí estaba la decoración. Hojas de acanto. *Acanthus mollis.* Linneo describió la planta por vez primera en *Species plantarum* en 1753. Una leyenda antigua contaba que Calímaco, al ver un ejemplar enroscado en la tumba de una doncella, tuvo la inspiración para crear la ornamentación de los capiteles corintios.

Calímaco. Una doncella. El artista talló las bailarinas de Laconia, quizás suya era una ática funeraria de Hegesión. ¿Dónde quedaba Hegesión? ¿Dónde Laconia? Lejos. ¿Y las hojas de acanto, de dónde vienen? De Asia, del norte de África. Luego las trasplantaron hasta España, y de España hasta acá, pero no se aclimataron. Las hojas de acanto llegaron al Caribe vueltas frisos de falsas columnas corintias desde la distante California. Por eso la Escuela de Medicina Tropical las exhibía: a fin de cuentas, era una escuela sufragada por un nuevo imperio, por universidades poderosas del norte. Hojas de acanto, planta también conocida como ala de ángel, ala montesina, branca medicinal, carderona, ácere, flor de Argel, giganta, hierba cardonera, hierba de la culebra, nazareno de Andalucía, oreja de gigante.

La noche en que descubrí el acanto, me soñé una doncella a la cual la hoja reclamaba. Su tallo le crecía alrededor. Yo, limpia, me daba a la hoja, sin pertenecer a ningún otro dueño. El tallo creció hasta que formó una corona de acanto que adornó mis cabellos. Era la doncella de la hoja, la virgen del Templo de Medicina Tropical. La planta me reclamaba como guardiana del lugar donde podía echar raíces y curar.

No el corazón de viento, sino el acanto.

Traspuse la entrada del Atlántico de la Escuela de Medicina Tropical aquella mañana del 2 de abril de 1935. Procedí a subir las escaleras, cuidando de no estropear la tarea de la vieja Tina, limpiadora del salitre. Llegué al segundo piso. Allí tenían los encasillados donde las enfermeras practicantes podíamos dejar los libros, la bata de laboratorio, los haberes del oficio. Me cambié y caminé rumbo al dispensario. Madres flacas con barrigas infladas se arremolinaban en los patios interiores de la Escuela, llevando a sus críos a mirar la fuente, los pinos, la acacia moribunda. Niños pálidos y descalzos mostraban el ombligo casi a reventar. A mí me tocaba conducir a aquella gente hasta el dispensario y darles una orientación mientras las enfermeras graduadas se preparaban para inyectarlos.

Me acerqué a los peldaños de la fuente. Alcé la voz.

—Permiso, damas, señores. Buenos días.

—Buenos días, *Miss*—respondieron algunos, o más bien mascullaron.

—Vamos a organizarnos en una fila.

Las madres tomaron a sus hijos. Los señores arrastraron los pies por el pavimento. Mansamente, se fueron acomodando uno detrás de otro; yo los vigilé, los organicé. Luego los conduje a un salón y comencé mi charla.

—El tratamiento de hoy de nada sirve si no toman medidas preventivas que cancelen la posibilidad de una reinfección. Eviten tomar agua de río o de pozo sin antes haberla hervido a fuego alto por unas cuantas horas. Eviten trabajar en las talas sin zapatos o caminar por terrenos fangosos donde haya mucho estiércol.

Los enfermos se miraron en silencio. Algunos rieron. Adivinaba lo que estaban pensando: «¿De dónde saco yo para comprarles zapatos a todos mis muchachos? ¿Cómo hago para adivinar en qué parte del campo cagó la vaca? ¿Por qué atrecho sin lodo camino hasta llegar al bohío?».

Pero no dijeron nada. Asintieron. Me siguieron en fila hasta donde las enfermeras practicantes esperaban para inyectarlos. Luego les subieron las mangas de las camisas rotas a sus hijos y los sostuvieron.

—Estate quieto, muchachito del diablo, que la doctora te va a poner una medicina para que no te acabes de morir.

Los niños ponían cara de espanto mientras las enfermeras preparaban las agujas y luego les desinfectaban el hombro con alcohol para introducirles la jeringuilla llena del líquido amarillo del ascaridol. Miraban aterrados cómo el pedacito de metal se hundía en su carne. Algunos cerraban los ojos cuando sentían el frío de la aguja penetrándoles la piel, luego chillaban ante el ardor quemante. Así era la vacuna, un ardor que quemaba. Las practicantes les masajeábamos el área de la inyección para que fluyera la sangre. Así nos asegurábamos de que el remedio recorrería el mapa de venas que transita dentro del cuerpo; que el veneno llegaría hasta la barriga, donde se alojaban las lombrices y las mataría. Después, a fuerza de purgantes, los enfermos las expulsarían del cuerpo, cagando lombrices muertas.

A los que llegaban temprano al hospital, las practicantes les regalábamos un pan con un vaso de agua azucarada de limón. Para algunos, aquel sería el alimento del día.

El tiempo pasó lentamente. Veinte, cuarenta, sesenta vacunados. Estaba extenuada cuando terminó la sesión. Ayudé a las enfermeras graduadas a botar las gasas, a hervir las jeringuillas y a desinfectar todo lo que los enfermos habían tocado.

—Una nunca sabe qué puede agarrar de esa gente —dijo en voz alta una muchacha cuando ya los pacientes se habían ido.

Era una muchacha linda, de las que les gustan a los doctores de la Escuela de Medicina Tropical, al mismo Ashford, que se casó con una. Con ellas establecieron hogares en aquella Isla a la que habían llegado como jefes médicos del Ejército, investigadores militares, asesores del Negociado de Salubridad. No recuerdo cómo se llamaba la enfermera del comentario. Tal vez María Bibiana o Eleonor, un nombre de esos.

—Muchacha, sí; nunca se sabe qué enfermedades acarrean —repitió otra enfermera. Ambas me miraron de reojo.

Yo era su compañera en la Escuela, pero ambas me trataron como si fuera otra de los anémicos, de los pacientes que llegaban al dispensario en busca de remedios o a ofrecerse para que los doctores de la Escuela condujeran en ellos sus experimentos. Por sopa aguada y alojamiento, cualquier campesino se prestaba para que les sacaran muestras de sangre, para que ensayaran en ellos vacunas novedosas. Descripciones sintomáticas, fotos y muestras eran enviadas al norte. Los científicos bautizaban el mal que descubrían en aquellos cuerpos con sus nombres: enfermedad de Schwann, nodos de Ranvier. Los abrían por el medio, dibujaban. Iban nombrando, como si aquellos otros cuerpos fueran una selva, un trópico que explorar; fauna y flora que recopilar e ir clasificando. Leonardo Fuchs, *Fuchsia triphylla. Magnolia grandiflora*, Pierre Magnol. *Lobelia cardinalis* por Matías de Lobel. ¿Qué nombre terminaría llevando el mal que aquejaba los cuerpos de los campesinos que terminaban en la mesa de disección de la Escuela de Medicina Tropical?

Concluí mi tarea de guardar jeringuillas y asear. Salí de la Escuela, la bordeé por el flanco de la avenida Constitución. Bajé la cuesta que la conecta con el agreste territorio de Puerta de Tierra. De allí provenían la mayoría de nuestros pacientes del dispensario. Lavanderas, fulanas y estibadores; gente desplazada de los campos. Se mudaban allí porque en Puerta de Tierra paraba el tren que conectaba a San Juan con San Mateo de Cangrejos y a San Mateo con los carros de línea y los trenes que provenían del resto de la Isla. Dorado, Bayamón, Las Toas. Manatí, Quebradillas. A diario llegaba gente buscando dónde dormir, qué comer, dónde trabajar. Caían en zaguanes hacinados, repletos de pailas de lavar ropa que se convertían en criaderos de mosquitos. Explotaban epidemias de malaria; de dengue hemorrágico. Aparecían brotes de tuberculosis, de cólera, que ya se suponía era cosa del pasado. Pero ellos seguían llegando. Seguían pariendo y llegando.

Desde la estación de Covadonga, unas cuadras más allá de Puerta de Tierra, partía el *trolley* que transportaba hacia el Departamento de Salubridad.

Me encaminé hasta la estación. Todavía resonaban en mi cabeza los comentarios de mis «compañeras» de escuela. Pero esa mañana yo había curado a Gardel. Mis pasos se movieron como el viento. El eco de su voz hablándome en susurros me llevó, casi sin darme cuenta, hasta la estación. Pagué los cinco centavos que costaba el pasaje y me subí al vagón que se iba llenando de gente. Partimos de Covadonga hacia Base Naval, Orfelinato, Capetillo, calle Hipódromo, Roberto H. Todd, Escuela Labra. Llegué a mi parada. Caminé por la avenida Ponce de León entre la muchedumbre de transeúntes. A tres cuadras quedaba el Departamento donde la doctora Roberts de Romeu operaba su Negociado de Higiene Maternal e Infantil.

La doctora Martha, ginecóloga cirujana y mi mentora, me ofreció aquel trabajo tan pronto me aceptaron en la Escuela de Medicina Tropical para cursar enfermería. Yo quería estudiar otra cosa, farmacia, fitopatología, química.

—Empieza por algo práctico, muchacha. Si te licencias de enfermera, tienes trabajo seguro en mi Negociado. Desde ya me puedes ir ayudando. En este país hacen falta la mar de enfermeras. Terminas rápido y comienzas a ganarte tus chavitos. De paso sacas de la miseria a tu abuela.

Mi abuela era propietaria de dos cuerdas de terreno en las cuales cultivaba árboles medicinales y plantas. Crió a su única hija, mi madre, hasta hacerla la costurera más cotizada del pueblo de Dorado. Su fama como curandera cubría la Isla entera: desde todos lados venían a buscarla para que tratara enfermos y educara con su ciencia. Hasta la doctora tuvo que ir con ella para que la ayudara a contactar a las comadronas del área y fortalecer su programa de salubridad. En su rancho había una radio con mueble de caoba.

¿Mi abuela vivía en la miseria?

Franqueé la pesada puerta de madera que servía de entrada al Departamento de Salubridad. Subí las escaleras adornadas con arabescos de loza nativa. Caminé por un pasillo largo de balcones en balaustre. Hacía calor. El rumor de los abanicos tejía una melodía parecida al rumor del mar.

Allí, en el segundo piso, se encontraba el despacho de la doctora Martha. Adentro esperaban dos comadronas para ser entrevistadas. Venían a legalizarse para que no las persiguieran en sus pueblos, les impusieran multas o les levantaran cargos por hacer lo que siempre habían hecho desde que el mundo era mundo: ayudar a parir a otras mujeres. Pero ahora, según la nueva ley de 1931, era requisito sacar una licencia en el Negociado de Higiene Maternal para ejercer. Primero las comadronas tenían que pasar un cursillo de salubridad; luego les llegaba la licencia, y un chequecito.

Yo debía inscribir a las comadronas, repartirles folletos con información básica; llenar unos formularios; aplicarles una prueba oral.

Lo de los folletos era una absoluta pérdida de tiempo. Pocas de aquellas mujeres sabían leer o escribir.

Solté los libros de la Escuela. Me puse, de nuevo, otra bata blanca. Tomé mi cartapacio con hojas y folletos y salí al recibidor. Me senté cerca de la ventana de celosías. Llamé a mi primera comadrona.

—Nombre.

—Marcelina Cancel.

—Lugar de nacimiento.

—Palmas Altas.

—¿De qué municipio?

—Manatí.

—¿Desde cuándo ejerce?

—Desde que tengo memoria. Mi abuela era la partera del pueblo. Yo le ayudaba cargándole los sacos, las tijeras, sosteniéndole el quinqué para que no se perdiera por los campos.

—Pero si me tuviera que dar una fecha, ¿desde cuándo trabaja usted de comadrona?

—Desde los ocho años.

—¿Y ahora cuántos años tiene?

—Creo que treinta y ocho.

Frente a mí, una boca sin dientes sonreía entre un mar de arrugas que le cruzaban la cara y la dejaban convertida en una máscara grotesca. Un moño apretado de pelo liso exhibía algunas canas; demasiadas para la edad que me decía tener la señora.

—¿Tiene marido?

—Soy viuda.

—Será de un fantasma encarnado, porque los otros días yo vi a Peyo caminando por la Plaza —interrumpió otra de las comadronas que esperaban en la oficina.

—Para lo que sirve, mejor darlo por muerto —respondió la comadrona que entrevistaba. Rieron ambas. Yo me mantuve seria. Quería terminar con aquello cuanto antes.

—¿Hijos?

—Catorce.

Barriga hinchada, ni trazos de lo que pudo haber sido una cintura, manos llenas de cicatrices, uñeros en los pulgares. Catorce hijos. Siempre me pasaba lo mismo cuando escuchaba aquellas cifras. Doce hijos, diez; mujeres que empezaban a parir a los trece años, que escupían muchacho tras muchacho, si no era que reventaban ellas primero. Pero aquello que tenía al frente era una comadrona. Aquello era una mujer que desde niña había sido testigo de los terribles trabajos del parir; de que la criatura que se carga por dentro está dispuesta a matar con tal de salir con vida. *Fetus carnivorus.*

—Señora, ¿catorce hijos?

—Y los que faltan…

—Deja que reviva el marido que enterró. Le da con resucitar a cada rato —interrumpió de nuevo la amiga de la comadrona.

Anoté todos los datos con letra precisa. Le di la charla a Marcelina y a su amiga, Carmen Julia, que la acompañó desde el barrio Palmas Altas de Manatí para ver cómo era la capital y, de paso, licenciarse ella también como partera. Las despaché con folletos que sabía que no leerían y una cita para recibir el certificado de legalización.

—¿Y para cuándo usted cree que va a estar el chequecito?

El cheque del gobierno. La partera me preguntaba por los treinta y nueve dólares que repartía el Negociado como incentivo para que las comadronas salieran de sus campos y se tiraran a la ciudad a llenar papeles y tomar una clase de salubridad. Con la legalización venía un cheque y la posibilidad de trabajar en hospitales. De los hospitales, poca gente las llamaba. ¿Qué hospital de los cuatro que había en la Isla iba a perder el tiempo llamando a una partera? Catorce hijos, dieciséis. En los campos se paría entre el pastizal, cerca de la tala y, con suerte, en una cama de casa. Las que parían entre sábanas desinfectadas, lo menos que querían eran las manos curtidas de una partera metiéndoseles por dentro. Preferían pagar por las manos enguantadas de un doctor.

Al fin se hizo de noche. Justo cuando despedía a Marcelina Cancel y a su amiga, la doctora Roberts de Romeu me llamó a su despacho.

Cuando llegué hasta la puerta, me di cuenta de que la doctora estaba acompañada. Discutía con el doctor Fernós Insern, colega con quien abrió el Negociado de Higiene Maternal. Presté oído por un rato antes de tocar la puerta.

—¿Para qué complicar esto, Marthita? ¿Tú no ves lo mucho que nos critican? El programa de legalización se nos va a caer al piso. Es cuestión de tiempo y ahora tú quieres que nos metamos en más complicaciones.

—Pero Fernós, es que aquí está la clave. Yo he visto a estas mujeres recetar tés que cortan ovulaciones.

—Y abortivos para que embarazadas boten muchachos. Columbia no pasará por alto el detalle. Nunca se van a tomar en serio las muestras que recoges de curanderas para que ellos las analicen en sus laboratorios. Nos estamos arriesgando a que nos corten los fondos.

—¿Pero tú leíste bien la circular que llegó el martes? Están otorgando más dinero para investigaciones sobre control de natalidad. No estoy buscando abortivos, sino algo que prevenga la ovulación, que la corte.

—Ya me imagino la nueva inquisición que vas a provocar, con nosotros en la hoguera. Parece que te gusta que te persigan, Marthita.

—Si me dejara amedrentar, estaría en casa planchándole camisas a mi marido y acomplejada porque nada más le parí un hijo. Aquí hay tremenda oportunidad, Fernós. Estamos a las puertas de algo grande. Si yo te dijera que ando cerca…

Decidí tocar la puerta del despacho para dejarles saber que estaba allí, atendiendo a su llamado. Oí un «Pasa, Micaela» y entreabrí. Los dos me miraron con cara seria. Entonces, la doctora Roberts me dirigió otra de sus sonrisas.

—Toma asiento.

Acerqué una de las sillas del despacho. Me acomodé lentamente, arreglándome la bata blanca. Quería parecer comedida, una igual.

El doctor Fernós dirigió la conversación.

—¿Ya terminaste con las entrevistas del día, Micaela?

—Sí, doctor Insern.

—Pues fíjate, aquí la doctora Martha y yo estamos evaluando una recomendación para que te integres a un nuevo programa al que nos llamaron. Pero antes quisiera preguntarte, ¿qué piensas hacer ahora que te gradúes?

—No lo tengo claro.

—¿Quisieras seguir estudiando en la Escuela?

—Me gustaría, pero no estoy segura de que pueda.

—¿No hay novios, planes de boda rondándote la cabeza?

—Ni remotamente, doctor Insern.

—La doctora Roberts me dijo que desde siempre te interesó seguir estudiando, pero que por tu situación económica tuviste que decidirte por la enfermería.

«¿Mi situación económica?», me pregunté. ¿Fui yo quien optó por la enfermería, o quien se dejó conducir hasta la Escuela admitiendo las condiciones de la doctora? ¿Podía hacer otra cosa? ¿Podía correr el riesgo de perder la oportunidad de estudiar?

El doctor Insern prosiguió.

—Tú sabes que la Escuela no puede titular médicos. Para eso hay que irse a estudiar afuera.

—Lo sé. Por eso mismo me entran dudas. ¿Para qué voy a matricularme en cursos preparatorios? A menos que tenga la seguridad de una beca, no me conviene perder el tiempo. Mi abuela no quiere morirse sin verme en camino seguro.

Mientras decía esto último, miré a la doctora Martha directamente a los ojos. Quería que le cayera el sayo; que recibiera el mensaje en clave que le enviaba. Mi abuela había accedido a ayudar a la doctora con su proyecto para verme convertida en algo más que en una enfermera.

Sentí crispaciones en el aire. Luego recibí otra recatada sonrisa de la doctora. Doña Martha me miró silenciosa mientras sonreía. Sentí cómo su cuerpo lentamente se tensaba. El doctor Insern siguió conversando.

—Fíjate, Micaela: lo que pasa es que nos estamos topando con un problema. Ahora que ha bajado la mortandad infantil…

—En ochenta por ciento —interrumpió la doctora.

—Y esto gracias a los programas de salubridad e higiene que hemos estado implantando —continuó Insern—, nos encontramos con el problema de estas pobres mujeres que se pasan la vida pariendo muchachos. Es que no saben, o no quieren enterarse, de que jamás vamos a echar para adelante con tantas bocas que alimentar.

—Pero la Iglesia y las costumbres de campo las han convencido de que no hay nada que hacer.

—Nada que hacer —repitió Insern—. En otros países se usan distintos medios para controlar los embarazos; hilos de seda, eyaculación externa, los métodos del ritmo. Pero convencer a estas mujeres de que cuenten días y que no se dejen fajar por sus maridos es soñar con pajaritos preñados.

Insern comenzó a reírse de su propio chiste. Yo me limité a mirarlo con atención.

—Es más, desde hace décadas que en Noruega el aborto es legal. Pero nosotros no pretendemos llegar a tanto. ¿Verdad que no, Martha?

La doctora me siguió mirando con aquella extraña sonrisa en los labios.

—Lo que queremos es encontrar una solución más eficaz para controlar la natalidad. Para eso tenemos que lograr dos cosas. Una: que las mujeres quieran ir a parir a los hospitales. Todas las mujeres, hasta las más analfabetas. Dos: que una vez allí, logremos convencerlas de esterilizarse.

—Pero tampoco podemos esterilizarlas a todas —arremetió la doctora—, lo otro es seguir investigando. Encontrar algo que ayude a detener las ovulaciones. Impedir que la gente se siga preñando. Si no, de nada sirven escuelas, puentes y carreteras. No vamos a caber en la Isla. Nunca saldremos de este criadero de moscas.

Yo asentí al comentario de la doctora antes de darme cuenta de lo que estaba declarando. Criadero de moscas. Vivimos en un criadero de moscas. Gente por todas partes, por las aceras, entre los pastos, sobre las hierbas, alimentándose de mierda. La sonrisa de la doctora entonces se volvió contundente.

—¿Qué te parece, Micaela, si ahora que te gradúes en mayo, entras a trabajar como ayudante de investigación en este programa? Necesitamos gente de confianza que trabaje para nosotros.

Me hice la que lo pensaba por unos instantes.

—Consúltaselo a tu abuela. Dile que estamos ofreciéndote un mejor empleo. Que te convertirás en investigadora del Negociado de Salubridad e Higiene y te encaminas hacia algo grande.

—¿Pero podré seguir estudiando Medicina, por ejemplo?

—Si quieres.

—¿Con qué pago los estudios?

—Tú no te preocupes, que si la cosa va bien, va a haber fondos para eso y para más.

5

Cuentas claras

Cuando salí de entrevistar comadronas y de hablar con el doctor Insern y doña Martha en el Negociado de Higiene y Salubridad, ya era noche cerrada; regresé al cuartito en Campo Alegre. Estaba exhausta, pero a la vez inquieta. Me habían pasado demasiadas cosas. Haber curado a Gardel, la oferta de la doctora Martha.

Me moría por hablar con mi abuela.

Abrí la puerta de mi cuartito y me encontré con Mercedes Lazú sentada sobre mi cama de tablas. También estaba Mano Santa. Cuadraban las ventas de la semana. A centavo el manojo de plantas, a dos centavos la consulta en Luz y Progreso. Las medicinas, según el caso: algunas eran caras, a medio peso, sobre todo las que llevaban corazón de viento. Sin embargo, la superficie de mi cama era un mar de chavos prietos. Había más centavos que billetes. Al vuelo corroboré que en la semana entera, quizás ni en el mes que comenzaba, ni Mercedes ni mi abuela ganarían lo que nos pagaron en una noche por atender al Zorzal.

Mercedes fue la primera en darse cuenta de que llegaba. Me miró con sus ojos turbios a punto de las cataratas pero llenos de un hambre precisa.

«Maldita bruja aprovechada», pensé en aquellos momentos.

Ahora no pienso eso, ahora que Mercedes hace rato que está muerta, que yo también soy una mujer a la que venció la codicia, jamás pensaría eso de Mercedes Lazú.

¿Me venció la codicia? ¿Fueron las ganas de ser más de lo que debía ser? ¿O fue que caí en una trampa? ¿Cómo se llama esta trampa que me deja sola entre los matorrales de La Doradilla, esperando una muerte que se tarda tanto en llegar?

—Al fin apareces, muchacha. Ya tu abuela quería irte a buscar.

Crucé frente a Mercedes, contestándole con indiferencia.

—Abuela sabe dónde yo estaba. Me tocaba ir al Negociado de doña Martha.

—¿A reclutarle parteras? Eso lo puedo hacer yo.

Decidí no responder a la provocación de la vieja.

—Tu abuela me lo contó todo. Qué aventura, atender a Gardel. ¿Ya está mejor?

—A las cuatro de la mañana le di su última dosis de tisana. Pero era demasiado tarde, así que me acomodé en un sofacito que había en el cuarto y allí me quedé dormida —mentí.

Miré a mi abuela con una cara que quise que se viera serena. Ella me sonrió con ternura, acotó una tos, y siguió contando centavos sobre la cama.

—Los señores me levantaron. Cotejé al enfermo que seguía durmiendo, estable. Le di su té de amapolas con jengibre para que se le acabara de bajar la hinchazón de la cara. Luego recogí y me vine andando.

—¿No se ofrecieron a traerte? —preguntó Mercedes.

—No quise molestarlos.

—Ay, Clementina, estás criando a una pazjuata. Yo que tú les hubiera exigido que me devolvieran a la Plaza en un carrazo oficial, tocando bocina y saludando a la concurrencia para que me vieran.

—Claro, Mercedes, tú te habrías aprovechado de la situación —le contesté con sorna.

Mercedes torció la boca, pero decidió concentrarse en su faena. Dejó pasar unos minutos. Entonces, volvió a la carga.

—¿Y cuánto te pagaron? —preguntó.

Dirigí a mi abuela una mirada fugaz. Ella me contestó trincando las quijadas. Siguió contando centavos. ¿Me decía con sus gestos que guardara el secreto? Contesté:

—Lo que la abuela pidió.

Mi abuela me sacó del apuro.

—No te relambas, Mercedes, que esos clientes llegaron solitos. No los trajiste tú. Así que de comisión no te toca ni un centavo.

—Coño, Clemen, tú sabes que la piña está agria.

—La piña no, el ron que te tragas por galones. Además, te tengo preparado el remedio que me pediste. De gratis. Eso ya es suficiente comisión.

Abuela se levantó de la cama y se dirigió hasta el bolso de yute que siempre dejaba colgado de la puerta del cuartito. De allí sacó un frasquito de tintura roja: hoja de llantén para limpiar riñones, desbaratar piedras. A la tintura, mi abuela siempre le añadía una raíz playera para fortalecer la sangre. Pero esa raíz era peligrosa.

—Cuidado con eso, Mercedes. No se puede usar mucho. Tú sabes que la raíz playera envicia.

Luego se volteó hacia mí, que permanecía a la expectativa, con cautela.

—¿Comiste algo?

Negué con la cabeza. Mi abuela me pasó la mano por el pelo.

—Debes estar hambrienta.

Clementina de los Llanos Yabó acercó una mesita de palo, la única que teníamos en el cuartito. Después destapó una fiambrera de cuatro envases que yacía en un rincón. Mientras tanto, Mercedes terminó de despejar la cama de centavos y acercó un taburete. Yo busqué algunos platos, los puse sobre la mesa y me senté a esperar que mi abuela nos sirviera. Mano Santa me puso delante una porción de sancocho de viandas humeante. La sopa me abrió el apetito. Me la tomé en el acto, tragando grandes sorbos del caldo y metiendo la cuchara en el sopón a ver si pescaba algún pedazo de carne. Encontré un huesito de res. Me lo chupé entero, hasta la médula. Fui la primera en terminar de comer. No sabía que tenía tanta hambre.

Mi abuela y Mercedes también comieron, más pausadamente. Mientras terminaban, saqué el anafre, abrí las ventanas del cuartito y encendí los carbones contra la brisa de Campo Alegre. Puse a calentar una greca de café negro que endulzar con un chorrito de melao.

El café estuvo listo, le serví a mi abuela, a su amiga. Conversamos un rato. Que si el hotel era de lujo, que si a mi abuela le pareció reconocer al hijo de Tella, la costurera, cargando bandejas cuando entramos por la cocina del hotel, que si las cortinas del cuarto del enfermo parecían de terciopelo de verdad. Me entró un mejor ánimo. Quise alardear. Decidí mostrarle un poquito de mi botín a la vieja Mercedes, algo que demostrara que las cosas estaban cambiando para la nieta de Mano Santa.

—Se me olvidaba. Voy a enseñarles algo.

Levanté el colchón de la camita y urgué entre las páginas de la enciclopedia. Tuve cuidado de no enseñar el billete, tan sólo saqué los boletos que me dio Barbieri.

—Pues fíjate cómo quedaron de satisfechos que al irme, los señores me regalaron esto.

Mercedes se arrimó para ver.

—Ay, Virgen Santa, si ya todo está vendido. La función de hoy y la de mañana.

—Pero mujer, qué son esas alharacas, ni que fueras una muchachita sin acabar de criar.

—Clemen, son dos boletos para ir a ver a Gardel. Como las cosas están tan malas, los vendieron baratos: a dólar cincuenta la arena y a dólar el palco. Se fueron como sal y agua. Dos boletos. Esa es toda la comisión que yo quiero. Total, se van a perder en la comelibros que tienes por nieta.

Color de paja quemada, manos tembluzcas, piel reseca, ojos verdosos con las nubes amarillas empañándole la mirada. Le clavé los ojos a Mercedes: cantazo de luz y la vi por dentro. Me ocupé de que la partera de putas notara mis miradas. De que supiera que estaba utilizando el don.

—Mejor que vaya ella, abuela; si esa vieja se va a quedar ciega dentro de poco.

Mercedes me lanzó una mirada agria.

—No, señorita. Esos boletos te los regalaron a ti. Vas a ir a ese concierto.

—Abuela, no hace falta. A Gardel ya lo vi, y bien de cerca.

—Pero no lo has oído cantar. No has oído el fruto de tus trabajos —me dijo Mano Santa, tragándose el último buche de café.

«Mis trabajos», recuerdo que escuché. La voz de Gardel era el fruto de mis trabajos. Los míos, no los de ella. Mi esfuerzo, no su prolongación. Sonreí discreta.

—Esos boletos se pierden en tu nieta, Clementina. Estoy segura de que no me puede nombrar ni un tango de Gardel.

—*Esperame, pobre, mi negra.*

—Eso no es un tango; es una habanera.

Mi abuela interrumpió la controversia.

—Ya está bueno de peleas. Nos vemos mañana, Mercedes. Toma los tres dólares de este mes. Ya veo que entre ustedes no van a resolver nada.

Mano Santa empujó a Mercedes puerta afuera. La vieja se fue refunfuñando.

Mano Santa dio un breve suspiro. Emprendió un caminar lento hasta una mesita donde reposaba su saquito de yute. Sacó una botellita de jarabe, tomó un sorbo; luego se sentó en la cama. Me senté junto a ella. Volví a rebuscar en mi enciclopedia. Esta vez la abrí en la página precisa.

—Toma, abuela. Esto fue lo que pagaron los señores.

Mi abuela tomó el billete de veinte dólares entre las manos mientras arqueaba las cejas.

—Valió la pena.

Acto seguido, se sacó un billete de cinco dólares del escote de su sostén.

—Toma, para lo que te haga falta. Lo otro lo voy a guardar en La Doradilla. Por eso estaba arreglando cuentas con Mercedes, porque mañana no atiendo el puesto. Aprovecho y me regreso al rancho. Me imaginé que los señores iban a pagarnos bien. Aquí en Campo Alegre está el pillo que hace orilla, y Mercedes tiene la lengua suelta y ahorita se entera la Plaza entera de que atendimos a Gardel. Alguien empieza a atar cabos. No quiero que pasemos un mal rato.

—¿Cómo que te vas a La Doradilla? ¿No te quedas a ver al Zorzal?

—Mañana a primera hora agarro un carro de línea.

—¿De qué vale haberle ganado a Mercedes el boleto, si tú no vas?

Abuela dejó salir una carcajada lenta.

—Regálale el boleto a la vieja, que vaya ella por su cuenta y se siente donde le dé la gana. Pero no dejes de ir tú.

Mano Santa se levantó de la cama, caminó hacia la esquinita donde guardábamos la palangana de lavar los trastes, la cara y las manos antes de acostarnos a dormir.

—No te pierdas a ese hombre cantando, Micaela. Hay gente que puede limpiarle el alma a una muchedumbre entera; eso también es curar —me dijo mientras fregaba las tazas de café, los tres platos asti-llados donde comimos, los recipientes de la fiambrera.

—Y lo único que tiene que hacer es abrir la boca y cantar.

6

Paramount

La función daría comienzo a eso de la ocho, pero a las siete yo ya estaba lista.

Me puse un traje de mangas hasta el codo y amplio escote de ojal que cortaba justo encima de los hombros y entallaba a la cintura. De ahí, el vestido abría en una falda campana color perla. La tela dibujaba bordados; unos capullos de flores diminutas en hilo crema un poco más oscuro que el fondo. El traje me llegaba hasta la mitad de las pantorrillas. Me hice un moño bien apretado a la nuca y lo adorné con una gardenia. Me sentí elegante, vestida para la ocasión.

Ese jueves me lo había pasado tomando clases en la Escuela de Medicina Tropical. Al salir, partí hacia Campo Alegre, a prepararme para ir a ver el espectáculo en el Teatro Paramount. De camino a mi cuartito, paré en los puestos de flores de la Plaza para comprarme la gardenia con que adornaría mi pelo. Pensé en lo bien que me vería con esa gardenia cerrándome un moño a lo Billie Holiday. Quería al fin celebrar lo que había logrado con mis trabajos.

Entré a mi cuarto y solté los libros. Saqué mi balde grande de lavar trastos y me dispuse a prepararme un baño de especias. Cargué agua de la toma; llené mi improvisada bañera. Calenté un cubo extra de agua a la cual eché palitos de canela y un chorrito de aceite de almendras marinado con flores de ylang-ylang. Junté las dos aguas, me desnudé y me acuclillé en el balde; froté duro la piel con un estropajo, para que quedara suave. Me enjuagué con minucia. Me lavé y desenredé bien el pelo, estiré mi melena con mucha crema de coco y me cepillé los rizos hasta que quedaron lisos. Me hice el moño. Entonces preparé mi vestido. Mi abuela me lo había mandado a hacer en Dorado, junto con las faldas y las blusas que usaba para ir a la Escuela. Cuando me dio la sorpresa, me advirtió: «Una siempre tiene que tener algo elegante, por si acaso se presenta la ocasión».

Ya a eso de las seis y media, me encaminé desde Campo Alegre hasta la avenida Ponce de León en dirección al Paramount. Tenía tiempo. Miré con calma las vitrinas de los almacenes que rebasaba: los cortes de tela que vendían en La Giralda, los zapatos de piel que se exhibían en González Padín, cosas que en aquel entonces me parecían inalcanzables, tesoros que brillaban bajo las luces de la ciudad.

Cuando llegué al Paramount, una cola inmensa le daba vuelta a la esquina. Era la fanaticada de Gardel. La gente había sacado su ropa de domingo para ir a verlo al teatro: camisas deslavadas, faldas de cortes de tafeta. Colores chillones, mucho zapato de charol, guayaberas raídas de tanto lavado, botines repintados con betún. En la cola reconocí a Mercedes con una fulana de Campo Alegre. Parecía no haber entendido lo que era tener en las manos un boleto de palco y no sabía que su entrada al teatro no requería de esa gestión. Podía haber pasado por la puerta grande por donde también enfilaban pasos los señores de sociedad. Esos se bajaban de carros recién brillados, con trajes que les quedaban bien, con zapatos cómodos de cuero importado, joyas que no eran de bisutería, relojes heredados de sus abuelos hacendados. No quise aclararle la confusión a Mercedes. Entré sin hacer cola. Le extendí mi boleto al botones de la puerta que, después de una rauda mirada, me indicó: «Pase».

No era la primera vez que iba a un teatro. En Dorado había asistido a una que otra función de zarzuela en la Casa del Rey. Luego, en la Escuela de Medicina Tropical, fui a varias conferencias que se dictaron en el anfiteatro mayor del primer piso, al lado de los laboratorios de química. Pero al Paramount no había entrado nunca. El vestíbulo estaba iluminado, pero una vez se franqueaba la entrada hacia los palcos, los candelabros de cristal soltaban una media luz amarillenta que resaltaba lo mullido de las alfombras y el tapizado de los asientos en la arena. Los palcos y balcones exhibían butacas en tela a rayas color vino y dorado. Del proscenio colgaba una pesada cortina de terciopelo, enmarcada por un friso de mampostería con diseños de flores y de frutos; rosales, olivos, frutos que no se ven en estos campos, que no se venden en los puestos de la Plaza del Mercado, plantas que no recetaba mi abuela. Alas de ángel, ácere, hoja giganta.

La muchedumbre empezó a entrar y a llenar todo aquel espacio de murmullos y de risas. Una que otra voz rompía el mar de sonidos que llenó el teatro. Se escucharon saludos, puertas abriéndose y cerrándose, gente pidiendo permiso. Miré hacia el techo altísimo donde pendía un gran candelabro con rotonda otra vez llena de acanto. Los gallineros estaban repletos. Toda la sala empezó a oler a tabaco.

Me tocó un palco de esquina, muy cerca del proscenio. La silla de mi lado permaneció vacía toda la función. No quise preguntarme dónde quedó Mercedes.

Abrí un abanico de mano que llevaba. Sonó el anuncio de la primera, luego la segunda llamada. Entró el maestro de ceremonias: era uno de los guitarristas de Gardel, Ángel Riverol, creo. Mi cuerpo recordó las sensaciones de la tarde que se hizo noche y madrugada en la cama del Zorzal. Se me erizó la piel. Me acomodé mejor en la silla para espantar aquel aturdimiento.

—Bienvenido, selecto público de Puerto Rico, al Teatro Paramount. Para nosotros es un gusto y un honor tocar para ustedes esta noche. Desde Nueva York y para dar comienzo a una magna gira que se extenderá por toda América Latina, les amenizará hoy el Rey del Tango, el Zorzal Criollo, el Morocho del Abasto, el gran Gardel.

El teatro rompió en un aguacero de aplausos. Riverol (sí, era Riverol) intentó seguir hablando, pero el estruendo del público era tal que empezó él mismo a aplaudir. Luego se acomodó en una silla del escenario, a la par que entraba Barbieri. Entró otro músico, lo más seguro es que era uno local, y se sentó al piano. Luego, a paso seguro, sonriendo y saludando con la mano, apareció Gardel.

Una imagen triple habitó un mismo recuerdo. El que caminaba triunfal hacia el centro del escenario no era el Gardel de las películas, que debía medir como dos metros. Tampoco era el Gardel de la cama, despeinado, delirante, con la cara hinchada por la fiebre y la enfermedad. A aquel que caminaba por el escenario nunca lo había visto. Su pelo negrísimo peinado con brillantina se tragaba la luz de las lámparas del perseguidor. No parecía tan alto como en el cine, pero tampoco era tan bajito como en la cama. Se veía elegante, con su sonrisa blanquísima y unas ojeras que lo hacían ver lejano y dulce. La mano fuerte con que me abrazó hasta adormecerme ahora volaba como un extraño pájaro en el aire. Gardel hizo una reverencia. El gallinero soltó mil gritos. La platea se levantó para recibirlo de pie. Yo me quedé sentada en la silla, muy quieta, como esperando algo. De repente el Zorzal miró hacia el balcón donde yo estaba, entre la penumbra del teatro. Me sonrió e hizo un pequeño gesto con la cabeza, echándola hacia atrás, saludándome a mí entre toda aquella multitud, haciéndome saber que me reconocía.

Los músicos hicieron las últimas afinaciones a sus guitarras en el escenario. Entonces, Gardel cantó.

Miel espesa. Densidad de almizcle. Las ondas de su voz me llegaron como un baño de ungüentos; una caricia untada con algo. Aquello no era el rayado distante de los discos que sonaban en las vitrolas de Campo Alegre, ni la voz de la radio que hacía que una se concentrara en mensajes y melodías. Aquella noche en el Paramount la voz de Gardel estaba viva. Era una reverberación robusta pero clara, con dientes y con garras que no incitaban al desgarre ni al devoramiento, que convidaban a posar el pie, el cuerpo entero sobre el aire, para viajar lejos, hacia adentro. Despertaba ganas de dejarse llevar hasta un lugar oscuro y protegido, del cual una salió hace años y que casi no recuerda. Y, a la vez, su voz era la añoranza que permite olvidar el camino. Una tiene que regresar a ese lugar verdadero, propio; una debe regresar, rota, hecha jirones, pero de vuelta. Eso era su voz.

Gardel cantó *Yira*. Cantó *Caminito* y *Rencor*, cantó *El día que me quieras*. Se acrecentó aquella extraña resonancia en mi pecho que era, al mismo tiempo, el pecho de Gardel, la garganta de Gardel, su aire. Poco a poco se fue tejiendo una complicidad. Todos los que estábamos allí, oyendo cantar al Zorzal, respirábamos el mismo aire, estábamos siendo movidos por un mismo pulso, vivíamos una misma respiración. Hubo un intermedio en el cual yo no me quise mover del asiento. De nuevo bajaron las luces. Luego, Gardel volvió a entrar en el escenario. Habló con el público que le gritaba cosas. Cantó *Cuesta abajo*. Cantó *Espérame*. Cantó *Volver*. Cayeron rosas a sus pies mientras la gente pedía otra. Gardel cantó tres canciones más. Entonces se acabó la función.

La muchedumbre empezó a desalojar la sala. Yo me quedé unos instantes contemplando la cortina espesa que había cubierto el escenario. Una extraña sensación me ocupó por dentro. Era hora de irse, pero no me podía mover. Me quedé como si esperara algo, pero ya todo se había cumplido. De repente sentí una suave palmada en el hombro.

—Señorita, la requieren en el camerino.

Caminé por las tripas de ese otro lugar que era el Paramount, por sus tramoyas. Colgaban sogas de sus techos, mazos de cablería serpenteaban por todo el piso y subían por las paredes. Un convoy de gente pululaba por aquellos pasadizos oscuros detrás del cortinaje, de los frisos frutales, detrás de la puesta en escena que acababa de ver. Los pisos de madera burda resonaban contra mis pasos. ¿Cómo no oí esos pasos mientras cantaba Gardel?

Después de empujar una cortina y bajar por un pasillo oscuro, llegamos al camerino.

El muchacho tocó la puerta. Esta se abrió; yo entré.

—No tuve la oportunidad de darte las gracias.

Era Gardel en mangas de camisa. Sobre sus hombros colgaba una toalla; se veía con luz.

—Gracias por los boletos —pude musitar.

—¿Te gustó el concierto?

Iba a decir algo, pero lo único que me salió fue una risa nerviosa por lo estúpido de la pregunta. ¿Cómo no me iba a gustar el concierto? ¿Contaba mi opinión en medio de aquel mar de aplausos, de silbidos que evidenciaban una victoria rotunda?

Entonces Gardel sonrió y su sonrisa fue lo último que vi. En dos zancadas lo tuve justo al frente, más cerca de lo debido; respirando el mismo aire que yo. Su aliento un poco ácido me calentó la cara. Metió una pierna entre las mías, su rodilla se apoyó contra mi muslo. Me tomó por la cintura, dejando reposar su mano justo encima de mis caderas. Creí que me iba a besar. Sin embargo, se quedó así, quieto, apretando su cuerpo contra el mío. Su mano sujetó con mayor fuerza mi cadera y luego reposó sobre las telas de mi traje. La sentí palpando entonces mi redondez, la esfera exacta de mi carne. Cerré los ojos. Tuve que hacerlo. Entonces regresó su voz. El recuerdo de su voz, la tonada de un tango impreciso que Gardel no cantaba pero que yo escuchaba en mi cabeza. No iba acompañada de acordes de bandoneón ni de una guitarra que marcara armonías. Su voz en mi cabeza, en mi pecho, sobre mis caderas, era pura reverberación. Mis palpitaciones enteras comenzaron a latir al ritmo de otro compás. Fui entonces una presencia nueva. Me llené de calores, de culebrillas por debajo de la piel. Me aferré a la espalda de Gardel. Abrí los ojos. Gardel sonrió levemente y desvió la mirada a un punto más allá de mí. Noté cómo su otra mano tomaba la mía por los dedos, los nudillos, la muñeca, el antebrazo; de las yemas de cada uno de los suyos salía un fogaje que me indicaba por dónde andaba el tacto. Leyó mi brazo, sus suavidades. «Tengo la carne suave —pensé—, suave y dura». Fue un instante tan sólo.

Empecé a oler a tierra mojada y a mineral.

Soy esto, esta pulpa y esta suavidad que hinca, lo supe. Soy este mineral atrapado. Si doy un paso, no sé qué giros daré.

Mi aliento rebotó contra la cara de Gardel e hizo que despertáramos del trance. Aproveché para empujarlo suavemente lejos de mí. Suave y tímidamente, pero resuelta.

—¿Dónde parás…? —me preguntó Gardel.

No entendí.

—Que dónde vivís, si es que vives sola.

—Cerca de la Plaza del Mercado.

—Dejame la dirección con el muchacho de la puerta. Mañana voy a verte. Como al almuerzo.

Yo, confundida, no supe qué contestar. Abrí la puerta y me fui.

Le dejé mi dirección al muchacho de la puerta. Tenía la cara ardiendo, pero igual encontré fuerzas para garabatear las direcciones de mi cuartito en Campo Alegre en un papel.

7

La Doradilla

Lo que se veía en derredor era un rancho de tablones rodeado de matorrales y de un huerto lleno de retoños sembrados en latas de galletas, latas de carne en conserva o de la manteca que el gobierno repartía entre los pobres. «Aquí guardo mis tesoros», repetía mi abuela de vez en vez cuando se sentaba en el balcón a mirar lejos, como esperando que algo o que alguien se manifestara. En aquella loma, rodeado de un huerto y sobre zocos de palo, se alzaba el ranchón que cobijaba los dos cuartos, la vitrola, los cacharros de la cocina, la mesa donde a veces comíamos, y un cuartito en la trastienda donde se apilaban manojos de hojas secas. La Doradilla: así mi abuela bautizó a su finca. Construyó su casita en lo alto de una loma, sobre zocos, para que no se le metieran adentro las alimañas. Había que aprovechar el viento para secar las hojas y el frescor para preservar las cataplasmas, las raíces remojadas en tinturas, las gotas y los ungüentos. «Aquí vive todo lo que vale —decía Mano Santa, mirándome con cariño—. Esta va a ser tu herencia», añadía con su voz llena de toses y de una tristeza lejana. Yo en ese entonces no sabía para qué iba a querer La Doradilla. No sabía que aquí esperaría la muerte.

Me fui a la finca de mi abuela el viernes en la noche. Sabía que Gardel tendría funciones en el Paramount; quizás por eso hui. El Morocho me había dicho la noche anterior que iba a pasar a buscarme y no pasó. «Como al almuerzo», dijo, y yo me quedé esperando. Dieron las dos de la tarde, dieron las cuatro. Afuera se oían los gritos de siempre, niños llorando solos, jugando en las calles, fulanas despertándose de su mal dormir, palanganas de agua lanzadas ventanas afuera. Salí varias veces a ver si lo veía. Pregunté a los vecinos si se habían topado con un señor vestido como artista de cine, merodeando el lugar. Nadie me dio señales de su visita. Así que molesta, incómoda, hice mi bártulo de ropa. Caminé hasta la avenida Roberto H. Todd abajo; luego hasta el hipódromo, donde se paraban los carros públicos. Tomé el que iba hasta el pueblo de Dorado y me fui de todo aquello.

El atardecer me agarró en la carretera. Cuando al fin llegué a La Doradilla, agradecí el frescor que brotaba del filo de la noche; el aire de los pastos que se posaba en la piel con su aroma frío. Y el silencio. Agradecí el silencio. Rumor de hojas contra el viento. Grillos. Coquíes cantando. Agradecí la reverberación de cosas vivas y sencillas que pueblan la oscuridad del campo. Nada de voces ocupando el pecho. Nada de alharacas y radios prendidos. Nada de llanto. Ninguna ansiedad.

Subí los peldaños del bohío. Mi abuela contamplaba el vacío, meciéndose tranquila en su sillón de paja. Se tomaba un té de hierba dulce.

—Pensé que te quedarías este fin de semana por la capital; que estarías pendiente, por si al señor se le ofrecía alguna otra cosa.

—Ese señor ya está bien servido —le respondí al paso.

No quise sonar enojada. No quise dejarle saber a mi abuela que yo también esperaba algo que nunca llegaría. Mano Santa me notó el malhumor en la voz.

—A ti te pasa algo. Quizás se te quite con un buen plato de viandas con bacalao.

Me sirvió y comimos. Entre bocado y bocado, mi abuela empezó su conversación de siempre; su conversación sobre las plantas. Me contó que junto a la verja de palos había sembrado un almendro nuevo, «que es un árbol muy noble, Micaela. Lo quiero para sacarle más jugo de hojas y ver si lo puedo vender en el pueblo. Mañana te hago un poquito y te lo sirvo. En esos días que tengas que tomar un examen fuerte, tómate un jugo de esos y verás cómo se te despierta la mente».

La escuché silenciosa, masticando.

—La receta me la enseñó mi abuela, Julia Yabó, la hija de María Luisa. A ella se la enseñó su madre, Candelaria Yabó de los Llanos.

Antes vino Mercuriana, que no era de esta tierra sino de otras que quedan más abajo, al final de las islas. Recuerda los nombres, Micaela, que no se te olviden los nombres —insistió mi abuela y me contó de nuevo el cuento; el cuento que cada vez que podía me volvía a contar.

La primera vez que lo oí, llevaba tiempo viviendo con mi abuela. Una tarde, un zumbido como de moscas se me alojó en la entrepierna; también sentí un calambre como cuando alguien tira lentamente de un alambre enterrado en la carne. Se lo dije:

—Me siento rara, abuela, me duele la barriga.

Ella sonrió.

—No te apures, que ahora echo al fuego cáscara de jengibre con hojas de poleo y se te alivia.

Me fui a las letrinas, a ver si estaba indispuesta del estómago. Cuando salí, venía con las pantaletas en la mano; estaban embarradas de un emplaste marrón. Ella las vio, me dio un paño de algodón nuevecito y suave.

—Enjuágate bien con agua fresca y ponte el paño entre las piernas.

Cuando regresé, el té de jengibre y poleo estaba servido. Mi abuela me lo puso en la mano y me sentó en la cama. Me pasó la mano por la frente. Entonces empezó a contarme el cuento.

—Ya estás en tiempo para cargar con el saber —me dijo—. La planta con su hongo azul. Corazón de viento. Que no se te olvide el nombre. Corazón de viento —repitió mi abuela.

O tal vez no dijo nada. Tal vez sólo fui yo, la Micaela niña que una vez fui, que me imaginé que ella decía así el nombre de la planta. Lento lo oí salir de entre sus labios, tibio el aliento de su boca que formó las palabras. El silencio se hizo más espeso alrededor del nombre, que oí como entre sueños. El tiempo se suspendió y me alojó una cosa rara en el pecho. De inmediato supe que ese nombre no se debía decir. Corazón de viento. El hongo azul.

—Azul no es. Si te fijas, es de un color como de luz que da contra lo mojado.

«Tornasol —pensé—, la palabra es tornasol». Pero mi abuela siguió explicando.

—Mercuriana vivió en unas tierras que nunca supe dónde quedaban. A esas tierras las cruzaba un río. Durante las crecidas del río se criaba el hongo. Algo tenían aquellas aguas; una cosa en la tierra o en las piedras del fondo que se disolvía en el agua y ayudaba a crecer la planta. Por eso recuerda bien, Micaela, que hay que echarle agua de río a los sacos de la hoja recogida. Por eso hay que guardar la planta y echarle encima mucha tierra, pero no se la puede enterrar del todo porque termina pudriéndose. Tampoco se puede guardar en cuartos limpios porque el hongo no se da. Recuérdalo bien, Micaela.

»El bejuco se aclimató bien a las costas de Mameyales. Prendió como si esperara venir aquí para coger fuerzas. Se esparció por todo el monte. Así no se daba allá, en las tierras de las que Mercuriana salió escapando; allá se daba con muchos trabajos. Unos indios que se llamaban los zenúes construían canales de zanja para que las crecidas del río regaran pero no anegaran la siembra. La planta era escasa, un milagro encontrarla. Sólo crecía en los bancos del río, pero se ahogaba con cada crecida. De la planta casi ahogada nace el hongo.

»Los zenúes sabían para qué servía la planta y para qué servía el hongo. La usaban para ritos de limpieza, para descongestionar. También la usaban para desbaratar tumores. Ella aprendió el secreto de esos indios. Fue una casualidad. Mercuriana salió escapando de las tierras aquellas cuando la acusaron de bruja. La iban a quemar: una comadre le avisó que la andaban buscando para llevársela al cadalso de los curas hasta sacarle la confesión de que ella no era una partera y curandera usual; que le iba tan bien, decían los curas, que no cabía duda de que sostenía conciliábulos con el demonio. Así que Mercuriana decidió escaparse para un palenque a esconderse entre los suyos, pero midió bien su decisión y se convenció de que camino al palenque la encontrarían. Se le heló la sangre imaginándose el cepo, sumergida en el jarro, aguantando el tormento de las pinzas candentes. Mejor que se la comieran los caimanes en la ciénaga. Mejor que la devorasen los tiburones de Boquilla. Se echaría al mar. En medio del agite, en vez que caminar hacia las costas, se adentró en la selva, buscó salida hacia el río y una vez en sus orillas, esperó a que algún barco de contrabando zarpase. Escondida en la maleza, se topó con los indios. Ellos le dieron cobijo. Le dijeron: "Quédate con nosotros;

sé una de las nuestras". Ella se quedó. Traía lo que sabía, pero entre ellos aprendió más».

—¿De qué hoguera me estás hablando?, ¿de qué tierras? —le pregunté entonces a mi abuela—. ¿Quiénes son los zenúes? —quise saber a esa edad. A la edad de la Micaela que acababa de tener su primera sangre mientras la abuela le contaba un cuento.

—Ay, mija, tú sabes que yo no tengo estudios. No sé de qué tierras te estoy hablando. Sólo sé los nombres de nuestras abuelas. No conozco el nombre del país de donde salió Mercuriana. Creo que eso le pasó a mi bisabuela antes de que existieran los países.

Mi abuela terminó de narrarme su cuento. Me recomendó reposo. Me quedé en cama leyendo la *Encyclopaedia Britannica*. Buscaba la planta que nombraba mi abuela; los territorios que mencionó Mano Santa.

Por toda respuesta, me topé con la vida de Humboldt. La leí fascinada.

Cuando el barón Alexander von Humboldt salió en la corbeta de guerra *Pizarro* desde La Coruña, no sabía lo que su viaje le depararía. Partió junto con Aimé Bonpland hacia La Habana y después hacia México, pero una epidemia se desató en esas tierras y tuvieron que desviarse hacia otros rumbos. Desembarcaron en el valle de Cumaná. Cubrieron a mula casi todo el territorio venezolano. Bonpland se encargó de recolectar plantas y de ayudar a Humboldt en la redacción de sus escritos botánicos. Prosiguió el viaje por tierra, mientras Humboldt remontaba el Orinoco.

Enamorados del territorio americano, Humboldt y Bonpland regresaron a América al año siguiente. Esta vez, una tormenta desvió el barco en que viajaban. Desembarcaron por casualidad en Cartagena de Indias. Allí conocieron al sabio José Celestino Mutis, quien, bajo la tutela de Carlos III, realizaba la Real Expedición Botánica. A Humboldt le impresionó el equipo de botánicos, herbolarios y pintores que trabajaba bajo las órdenes de Celestino. Acogió los descubrimientos del sabio y partió hacia nuevas tierras. Celestino había logrado una impresionante colección de plantas. Algunas las recogió de las aldeas de los zenúes.

Allí estaban los indios que nombró mi abuela. Mercuriana, la primera, era oriunda de Cartagena de Indias.

Pero entonces, narraba la enciclopedia, toda la colección de plantas que el sabio José Celestino recolectó durante aquellos años se perdió cuando el rey Carlos IV cerró las puertas del Jardín Real. El Jardín estaba adscrito al Departamento de Indias. La inestabilidad del reinado de Carlos IV y la invasión francesa de España dieron al traste con el proyecto.

Al año siguiente, Humboldt y Bonpland viajaron hasta Lima, donde comenzaron a planificar su próxima expedición. Partirían rumbo a México. Después, La Habana se les ofreció como el lugar ideal para quedarse un rato; a Humboldt le pareció que Cuba era, a un tiempo, metrópoli y colonia. La capital estaba tan llena de científicos, literatos y académicos como cualquier ciudad de Alemania o de Francia, pero el interior de la Isla se le presentó tan agreste como los más remotos parajes del Orinoco o de Cumaná.

«¿Así son las islas? —recuerdo que me pregunté—. ¿Civilizadas y agrestes a la vez, llenas de ciencia y, a poca distancia, habitadas por curanderas y seres primitivos? ¿Habrá encontrado Humboldt en Cuba rastros del corazón de viento? ¿La habrá dibujado? ¿Con qué nombre científico la logró bautizar?».

Pero la *Encyclopaedia Britannica* no contestó ninguna de mis preguntas.

Después de cinco años de constantes viajes, Humboldt regresó junto con su inseparable Bonpland a París. Estuvo años reorganizando sus apuntes, mapas, colecciones botánicas. Entonces publicó su *Voyage aux régions équinoxiales du nouveau continent, fait en 1799, 1800, 1801, 1802, 1803 et 1804 par lA. de Humboldt et A. Bonpland, rédigé par A. de Humboldt ; avec un Atlas géographique et physique.* La primera edición se agotó en París en el año de su publicación: 1816.

Me juré entonces conseguir ese libro. Allí de seguro estaría la planta de la que hablaba mi abuela. Pero en la Isla nunca pude echar mano a ninguna edición.

La noche que llegué a La Doradilla, después de haber esperado inútilmente la visita prometida de Gardel, oí de nuevo el viejo cuento de mi abuela. La escuché hasta que no pude más. Me entró una extraña desesperación, una ansiedad. Me removí intranquila en la silla intentando escuchar, como siempre. Pero no aguanté más. Interrumpí bruscamente a Mano Santa:

—La doctora Martha me llamó a su despacho el otro día. Dijo que tenía un trabajo que ofrecerme.

Mano Santa calló. Tragó en seco.

—¿Qué tipo de trabajo te ofreció la doctora?

—Algo en el Negociado de Salubridad. Me va a subir de puesto. Me contó que iba a pedir más fondos para hacer sus investigaciones.

—Con razón doña Martha está tan loca por volver por aquí.

—Me dijo que trabajando con ella vendría la beca para seguir estudiando. Que lo consultara contigo.

—¿Te aseguró esa beca?

—No, abuela, sólo dijo que si la ayudaba con sus investigaciones…

—Lo que quiere es que le digas el secreto de la planta. Como no acaba de sacármelo a mí, piensa que te lo puede sacar a ti. Últimamente anda nerviosa, loca por que le salga la tintura. Pero tú no le digas nada, Micaela. No le digas cómo se destila la medicina. Déjala que se siga equivocando. Dale todas las instrucciones para que haga la cosa tal y como la hacemos nosotras, pero no le digas qué es el hongo y qué es la hoja. Que si lo echa todo junto a destilar, mata al hongo; que primero tiene que sacarle el jugo al hongo y después, a otro fuego, tiene que hervir la hoja. Tú sabes cómo es, Micaela. Pero que sólo lo sepas tú.

Yo no pude evitar fruncir el ceño, incómoda. Había asuntos serios sobre la mesa, muchas cosas que perder. Mi futuro, por ejemplo. Doña Martha me ofrecía la oportunidad de becas, viajes; de irme lejos a seguir el rumbo de mi padre. Lejos de estas tierras, arribar al fin a puerto seguro, a ciudades donde habitaba la ciencia, la civilización; sin dualidad. Pero Mano Santa insistía en guardarle el secreto de la planta a doña Martha; en no darle la información completa para destilar la tintura azul.

Me levanté a llevar el plato con sobras de comida hasta el patio donde hacíamos la composta para abonar retoños.

—Abuela, ya van años que la doctora te ronda para que le digas. Se va a cansar. ¿Por qué no quieres que la doctora Martha sepa? Muchos se beneficiarían de esa medicina.

—Lo sé —me contestó—. Pero no se puede. La planta es un secreto que la curandera completa. Nosotras lo cuidamos porque sabemos que es una fuerza poderosa. Y somos el canal para que se use bien; si se usa mal, puede matar gente. Puede hacer que las mujeres paran monstruos de dos cabezas. Puede causar mucho daño.

Mi abuela hizo una pausa. Miró la noche que se cerraba como un puño a las afueras de su bohío.

—Yo no confío en esa doctora, Micaela. No es que sea mala ni nada. Es por cómo piensa. ¿No te has dado cuenta de que no le basta con aliviarle las dolamas a la gente? ¿Que nunca está satisfecha? ¿Para qué quiere curar? Ahora no se le mueren tantos niños como antes, no se le desangran las mujeres en el parto. Yo le enseñé cómo hacerlo y ella también me enseñó lo suyo. Ambas nos hicimos el favor. Eso es bueno. Pero para doña Martha no es suficiente. Nunca es suficiente. Quiere algo más.

Mi abuela hizo un silencio que se llenó de todos los rumores de la noche en La Doradilla; del rumor de grillos, de coquíes, del rumor del viento contra el follaje. En esos instantes me llené de presencias. Pensé en los mecheros de la Escuela, en los termómetros donde resbalaba el mercurio. Pensé en la insistencia de mi abuela de que fuera a clase. En cómo se quitaba comida de la boca para pagarme libros, asegurarme pasaje de ida y vuelta, pagar el cuartito en Campo Alegre. Y pensé en los saberes de mi abuela. En cómo el cundiamor detiene sangrías, la lombricera expulsa parásitos del cuerpo, en cómo el eneldo saca leche de los pechos más secos; cómo la hoja de playera seca tumores. Pero en la Escuela todo era vinblastina y vincristina, tanina, alcaloides y químicos a fin de cuentas también sacados de las plantas, pero de otra manera.

Recordé aquella noche todos los libros de botánica que leí buscándole la pista al de Humboldt; tratando de encontrar vestigios del corazón de viento. Dioscórides, Teofrasto. Los cinco botánicos De Jussieu, la dinastía de los Hooker en Inglaterra. Me vi de nuevo escudriñando las crónicas de viaje del francés Tournefort y cómo fue nombrado botánico real del Jardin des Plantes de París. Recordé las cartas del sabio Stobæus, que puso su biblioteca a disposición del joven Linneo y le enseñó fitografía. Apareció en mi mente el desordenado laboratorio de Fleming, quien estornudó sin querer sobre placas de Petri que no limpió; dejó que crecieran hongos en sus cultivos y se topó con la penicilina. Todos esos señores doctores habían trabajado como mi abuela, quizás rodeados por el mismo caos. Todos fueron pobres, pero vivieron subvencionados por reyes y sociedades, por la Iglesia o por algún mentor. Se dejaron auspiciar; se pusieron a disposición de la ciencia y pagaron el precio de entrada. Esta era mi oportunidad. ¿Por qué oponer tanta resistencia? ¿Por qué la cautela desmedida de mi abuela, la desconfianza a lo que haría la ciencia con los remedios extraídos de una planta?

—¿Es malo querer más, abuela? Tú quieres más para mí —le dije para romper aquel silencio.

Mano Santa contestó:

—Yo conozco el nombre de lo que quiero. Pero esa mujer quiere y quiere. Vamos a ver si la doctora cumple su palabra; si aparece la beca. Entonces, quizá, le diremos un poquito de lo que quiere saber.

Se encogió de hombros Mano Santa.

—Ten cuidado con la gente, Micaela. Ten mucho cuidado con la doctora. Hay gente que nace así. La doctora Martha no tiene la culpa, pero tampoco tiene la cabeza. No sabe que a las plantas hay que saberlas respetar. Que uno no es quien las controla. No del todo. Que hay fuerzas que a uno no le toca manejar, otras que sí. Hay que aceptar y hacer lo que nos toca. Tienes que hacer lo que te toca, Micaela.

Clementina de los Llanos me miró fijamente, dejando que sus palabras calaran hondo. Luego su semblante cambió, como si supiera. Como si sospechara que algún día yo traicionaría a la planta.

Yo no supe cómo sostenerle la mirada, el ceño fruncido aquella noche en La Doradilla. Bajé los ojos.

8

La visita

—

Era la voz de Alejandrina. Alejandrina, la golondrina. Alejandrina, la del *bel canto*. Mi hermana era alumna de la insigne Mercuria Guzmán, maestra de música de Dorado. También tocaba el arpa. Tenía una hermosa voz. Salió oscura como papá, pero con un perfil de diosa nubia. «Tienes un perfil egipcio», la piropeaban los músicos mulatos de la banda municipal del pueblo; «un perfil de gitana», le susurraban. Uno de ellos, casi blanco, era su novio de compromiso. Se casaron en septiembre de aquel año. El año en que fui amante de Gardel.

—La verdad, Micaela, que no te entiendo —cantó.

Nicolasa, mi otra hermana, le hacía segunda.

—Tú no puedes tener hombre antes que yo. Soy la mayor.

Nicolasa se quejaba. Tenía la tez clara, como mamá; tirando al amarillo. Pecosa, con el pelo suelto, cantó molesta. Yo huía de las dos. No quería que me vieran la cara, no quería que supieran que había compartido cama con un hombre, que me había dejado seducir por un hombre, que le creí a un hombre que me dejó plantada, esperando por él. Yo, la poca cosa, la más negra de las hermanas. Yo, a la que habían mandado a vivir al rancho La Doradilla con mi abuela.

—Con tu abuela, la bruja. Qué vergüenza, qué vergüenza.

—La verdad, Micaela, no te logramos entender —cantaron ambas.

Estaba de nuevo en la casa del pueblo, viviendo con mamá. Tablas pulidas, balcones de balaustre a la entrada de la calle Norte, cerca de la Plaza. De repente, mi madre, doña Adelina de los Llanos, se plantó frente a mí a mirarme como siempre me miró: con odio, con rabia, con vergüenza. Como miraba a mi padre, Pablo Thorné. Con rabia, con odio, con vergüenza.

—Tanto libro para qué, tanta tinta; si nos morimos de hambre —la oí cantar.

»Tú igual que él —siguió cantando—. Ahora que al fin te encaminas, mira lo que te dejas hacer. Ahora que ya no tienes que ser otra negra bruja, terminas puta, dejando que un hombre te trastee y te abandone».

Yo no sabía cómo se habían enterado. No sabía dónde meterme en la casa, para qué cuarto tomar. Mi madre me persiguió por los pasillos de mi sueño.

—Todas mis hijas duermen recogidas en su casa y no realengas por ahí. Todas mis hijas solas, pero de bien, aunque las haya abandonado su padre. Negras, sí, pero decentes. Viviendo como la gente, no como los animales.

Al final de su canción, mi madre, iracunda, tronó en mis oídos:

—Tú no eres mi hija. Acaba de irte de aquí.

Abrí una puerta, cerré otra, y allí estaba Gardel.

—¿En dónde parás? —me preguntó.

Yo cerré la puerta. Abrí otra y allí estaba mi abuela.

—¿Adónde vas a parar? —me preguntó.

Quise encontrar la salida de la casa, pero no lograba dar con ella. En mis sueños no la pude encontrar. Las puertas se hicieron infinitas; yo las abría y las cerraba. En la última puerta del sueño vi a la doctora Martha. Estaba en un cuarto, agachada frente a unos sacos; los abría con las uñas y con algo filoso que sostenía entre las manos. ¿Un bisturí, una pluma fuente? Nunca lo pude averiguar. De los sacos salían las hojas. Hojas de un verde que parecía azul, verde color de las aguas espesas de los mangles, pero sin pestilencia. Sobre las hojas, una pelambre minúscula comenzaba a crecer.

«Es esto lo que sirve», cantó la doctora y anotó en su libreta. Luego mascaba la hoja; de su barbilla chorreaba un líquido azul viscoso como sangre. «Es esto lo que sirve», seguía cantando. A mí me dio vergüenza. Me dio asco. Me dio vergüenza y asco. Quise, de nuevo, salir corriendo de allí, pero sabía que no podía, que no había montes para mí. Que debía sacar a aquella doctora del cuarto, pero ¿cómo? Me pregunté en el sueño: «¿Cómo la saco?». Me agaché con ella, a comerme la hoja también. Ella me miró y se echó otro bocado entre los labios. Yo uno más grande, ella otro. La sangre azul del hongo nos corrió por la barbilla, nos recorrió el cuello hasta encharcarnos el pecho. La doctora empezó a entornar los ojos, a irse en el viaje de la planta. Yo me eché otro bocado de la hoja. Mastiqué. La doctora se desmayó sobre los sacos, ensangrentada de azul, todavía agarrando la libreta. Entonces entró mi abuela en el cuarto, de la mano de Gardel. Yo masculé, todavía con la boca llena de la hoja:

—Traidora, eres una traidora, te quemarás en las pailas del infierno —y desperté del sueño.

Amanecía como siempre amanece en La Doradilla.

Mi abuela ya estaba despierta, colando café.

—¿Quieres, mija? —me preguntó en su tono dulzón de siempre.

Me dieron ganas de llorar y de abrazarla. De decirle que la quería. Que no entendía bien lo que pretendía para mí; las puertas que quería abrir para que yo pasara. El precio que tenía que pagar, los sacrificios que quería que yo asumiera para llegar adonde ella quería que llegara. Quise decirle que no la entendía, pero que aun así la amaba. Quise abrazarla y llorar; pero en cambio guardé silencio. Le acepté el buchecito del café que colaba. Le pedí que me hirviera un plátano. Desayuné con ella e intenté olvidarme de mi sueño. Llevo años intentando olvidarlo.

Después del desayuno, mi abuela me avisó.

—Hoy viene la doctora. Recuerda, no le digas nada de la planta.

—Sí, abuela —contesté obediente.

Aquella mañana, en La Doradilla, esas eran mis intenciones más sinceras.

Intenté ocuparme de los quehaceres cotidianos. De ver el tiempo pasar.

Pasó un pájaro y sus trinos, pasaron vecinas llevando fardos de ropa en la cabeza. Pasó Juancho con pescado fresco. Compramos un chillo. Sacamos viandas del patio. Recogimos orégano brujo, recaíllo. Encendimos el anafre y el burén. Luego llené la palangana de agua del aljibe. Me puse a lavar la ropa de la Escuela, mientras mi abuela cocinaba. Pasaron las nubes y los nenes del barrio rumbo al pueblo. Tendí ropa entre los arbustos. Se oyó una bocina distante, un rumor de motores; una capota blanca recogió los rayos del sol. Mi abuela se asomó a la puerta del ranchón, se puso una mano de visera sobre la frente y achinó los ojos. La doctora Martha se acercó en su carro grande, de ciudad. Los vecinos de enfrente se asomaron a las ventanas de su rancho a verla estacionar aquel carrazo bajo los árboles de La Doradilla.

—Vengo a visitarte, vieja —dijo la doctora mientras abría la portezuela—, tenemos trabajo que hacer.

La doctora se bajó de su Ford, que dejó estacionado debajo de un árbol de mangó; bajó una gran libreta de notas y sin encomendarse a nadie subió los escalones de La Doradilla y se sentó en el sillón de mi abuela. Yo tuve que ir a buscarle un banquillo a Mano Santa para que se pudiera sentar. Empezó el pulseo de siempre.

—Tráeme el saco de hojas que está encima de la mesa, Micaela —pidió mi abuela.

La doctora Martha abrió su libreta de apuntes. Se alistó para escuchar.

Mi abuela sacó muestras de hojas. Flor de mayo, semilla de aguacate, azafrán cimarrón.

—Fíjese, doctora, estuve repasando mis remedios y me acordé de que no le había enseñado estos. Si le sigue sin salir lo de la hoja, quizás le sirvan para lo que está buscando.

La doctora Roberts suspiró profundamente. Se acomodó mejor en el sillón. Arqueó las cejas. Mi abuela tosió y carraspeó por unos minutos.

Mano Santa tomó una semilla de aguacate del saco; también las hojas que yo le había traído. Las aproximó a la doctora para enseñárselas.

—Si mezcla la semilla con tés fuertes de estas hojas, desbarata cualquier barriga.

—Vieja, usted sabe que yo no puedo recetar esas cosas. Tampoco deberías recomendarlas.

Mano Santa se encogió de hombros y sacó otro tallo.

—Estas son para cortarle la leche a los hombres. Que lo que siembren entre las piernas a las mujeres no se les dé.

—Eso tampoco me sirve, Mano Santa. ¿Hacer responsables a los hombres de no preñar a las mujeres en estas tierras? Será para que la Iglesia logre al fin cerrarme el Negociado de Salubridad.

Mi abuela soltó una risa ligera. Compraba tiempo; ambas compraban tiempo. La doctora sabía que mi abuela se guardaba la clave del secreto del corazón de viento. Mi abuela sabía que la doctora sabía. Ambas se hacían esperar.

Me fui al patio donde teníamos el burén, a vigilar el pargo y las viandas que se estaban cocinando, pero agucé la oreja. A retazos, oí todo lo que hablaron.

—¿Usaste los alcoholes que te traje para destilar la planta?

—Doctora, ya le dije que el alcohol no sirve para eso. Tiene que ser con agua de pozo.

—Pero es que ya traté de destilarla con agua. Hice todo lo que me dijiste, seguí las indicaciones al pie de la letra. Pero el líquido que se me da en el laboratorio es clarito, de un verde amarillento. No queda como la mezcla que me enseñaste la otra vez.

—Usted siga tratando, doctora. Quizás le haga falta dejar añejar la mezcla unas cuantas semanas. La mía ya lleva tiempo en ese frasquito.

—No, vieja, yo sé cuando me equivoco. Estoy haciendo algo mal.

Se hizo un silencio. Un silencio molesto.

—A ver, repasemos. Pongo a hervir la planta a fuego lento y recojo el vapor en una goma. Lo dejo enfriar.

—Así mismo, doña Martha.

—Eso hice. Después dejo reposar la planta hervida. ¿Por cuántos minutos?

—Los que hagan falta.

—Pero es que así no se puede, Mano Santa. Sin medidas exactas no voy a poder reproducir lo que tú haces.

Otro silencio. El aire se llenó de arrullos de pájaros, de batir de alas.

—Bien, dejo reposar la planta.

—Hasta que vea que las hojas se amortiguan y comienzan a deshacerse en la tisana.

—¿Y entonces?

—Suba el fuego todo lo que pueda y recoja el otro vapor en otro frasco.

—¿No en el mismo?

—No, en otro.

—Pero, ¿por qué, si estoy trabajando con la misma hoja?

Oí a mi abuela toser una tos ronca pero leve.

—Mire, doña Martha, yo se lo cuento como me lo enseñaron. Usted haga lo que quiera, pero así es como yo sé hacerlo.

—Bien, y después, ¿qué hago con los dos destilados?

—Los mezcla. Entonces sale el líquido azul. Ese líquido usted se lo añade a lo que quiera, a tisanas de amapola, a azafrán cimarrón. No se puede usar solo. No lo use solo, doña Martha. Es un peligro.

—¿Y tú lo has usado para parar ovulaciones?

—Sí, aguanta las reglas hasta dos, tres meses; depende de la hembra. Después hay que tomar más.

—¿Y con qué lo mezclas?

—Con eneldo, con semillas de mamey, con lo que haya.

—¿En cuánta proporción?

—Usted sabe que yo todo lo mezclo a ojo.

—Pero dime un más o menos, vieja... una gota, dos gotas. Dame alguna medida. Sin medidas no me va a salir jamás. Así no funciona la ciencia, Clementina.

—Será, pero así funciono yo.

Con algo de sudor sobre mi frente, terminé de cocinar el pargo. La ropa se secó en el tendedero y doña Martha y mi abuela siguieron conversando. No quise seguir más el hilo de la conversación; de esa conversación incómoda, tensa, donde dos mujeres decidían los futuros de miles de otras mujeres. Lo decidían como las mujeres decidimos cosas, entre otros miles de silencios que se instalaron en la tarde.

Subí las escaleras del bohío y entré sin interrumpir para doblar la ropa que ya se había secado. Mi abuela y la doctora Martha continuaban su pulseo.

—Oiga, doña Martha, yo quería consultarle algo.

—¿Sobre la planta?

—No, fíjese. De eso seguimos hablando ahorita. A ver, cuénteme, ¿cómo fue que usted se hizo doctora?

La doctora Martha se estiró complacida en el sillón de mi abuela. Estiró un poco la espalda, soltó la pluma fuente, sus papeles.

—Fue casi un milagro. Comencé aquí, en la Escuela de Medicina Tropical. Luego me gané una beca para irme a la Universidad Johns Hopkins y ahí me doctoré.

—¿Y usted no cree que ese milagro se pueda repetir con Micaela?La nena ya está por graduarse de enfermería. Termina en mayo. Estamos en abril. Esa muchachita tiene cerebro. Sería una pena que se quedara de enfermera nada más.

—¿No te dijo tu nieta? El doctor Fernós y yo le ofrecimos trabajo para que nos ayude con una investigación.

—Sí, me comentó de la ayuda.

—¿Y qué más quieres? Micaela sería pionera en un campo nuevo de investigación.

—De eso sabrá usted, doña Martha. Pero a mí no me queda claro si le van a dar la beca para estudiar Medicina.

No escuché la respuesta de doña Martha. No la escuché porque no la hubo. Pero me imagino su reacción. Me la imagino pestañeando rápido, bajando la cabeza, embocando su típica sonrisa; esa sonrisa extraña que nunca se dejó leer.

—Doña Martha, yo lo que le pido es que me encamine a mi nieta. Que le diga qué exámenes tomar, qué papeles buscar y cómo llenarlos para ver si puede conseguirse esa beca. Ella no tiene a nadie que la guíe en esas lides. Y sin eso, puede tener toda la inteligencia del mundo, pero no va a salir de La Doradilla.

—Es que Micaela ya salió de aquí. Ya estudió en la Escuela. Me la voy a llevar al Negociado a trabajar.

—Ella puede llegar más lejos. Pero su abuela ya no puede ayudarla en el tramo que le queda. Yo ya le enseñé todo lo que pude.

—A ella sí le explicas todo, con lujo de detalles —respondió con saña la doctora.

—Y a usted también. Además, a ella no tengo que explicarle mucho. Micaela nació sabiendo.

—Clementina, no me vengas con cuentos.

Mi abuela se rio y le explicó a la doctora:

—Mire, doña Martha, si a Micaela la escogen para estudiar Medicina, yo le prometo que voy al laboratorio ese donde usted trabaja, frente a todos los médicos que usted quiera, y le preparo la planta como mi madre me enseñó a mí y a ella su madre. Se lo prometo, doña Martha, pero me tiene que cumplir. Me tiene que encaminar a mi nieta. Entonces, sí que hay trato.

Pasaron minutos. Mi abuela bajó rengueando las escaleras del bohío; la doctora la siguió. Se metieron por la maleza. No sé adónde fueron, ni qué le iría a enseñar mi abuela. Quizás llevó a la doctora hasta el alambique que tenía escondido entre los pastizales de La Doradilla. Allí Mano Santa destilaba un extraño aguarrás que usaba para limpiar sus cuchillos de partera. Allí también destilaba pócimas. Las hacía más potentes.

Regresaron de la maleza y la doctora se marchó. No quiso quedarse a almorzar.

9

Otra nave

Fue al amanecer, justo cuando empiezan a trinar las aves que saludan al sol. La carretera se alargaba infinita frente a nosotros. El viejo chofer conducía el carro azul mosca hacia Mayagüez; Gardel hablaba sin parar. Yo me entretuve contemplando el paisaje. Escuchaba a medias un cuento que se hizo eterno. Detrás de nosotros La Doradilla se transformó en un reguero de polvo y salitre. Cruzamos el puente del río Barceloneta, en cuyas riberas descansaba el pueblito de La Esmeralda, que maravilló a Gardel con el brillo de sus arenas negras; luego fue el verde alomado de Las Vegas, los cañaverales de Manatí. La Isla se estiró sinuosa contra las costas del Atlántico. Gardel habló durante el trayecto entero, que tardó ocho horas en completarse, largando un tropel de palabras como si no hubiese hablado jamás; como si su vida al fin se le hiciera liviana y transmisible.

¿Cuál fue la fuerza que lo impulsó a contarme su vida? ¿Acaso aquella otra confesión también respondió a los efectos del corazón de viento?

Gardel me fue a buscar pero no a Campo Alegre, como prometió. En cambio, se apareció por La Doradilla.

—Ese día que te dije, no pasé por vos —se excusó con torpeza—. Tuve que atender a periodistas, fanáticos, a amigos accionistas del que me trajo a la Isla. Pero al otro día fui. No había nadie, me dijeron. Una tal Mercedes me reconoció y me dijo que te habías venido para acá. Gracias a ella llegué.

Fue la tarde en que vinieron a buscar a mi abuela porque Eusebia, la niña de Casilda, paría un muchacho que no salía. Pasó justo después de que se fuera la doctora. Eusebia estaba hinchada de tanto pujar. Gritaba que se iba a morir, que la salvaran de aquella agonía. Doña Casilda nos mandó llamar. Acompañé a mi abuela hasta la casa de la vecina. Me pasé las primeras horas asistiéndola, pero Mano Santa me envió de nuevo al bohío.

—Vete, que esto va a tomar la noche entera. Yo te mando a buscar si te necesito. Aprovecha para prepararme el remedio para acelerar el parto, hierba de tajo con sábila. Ya tú sabes cuánto echarle de qué. Y también tráeme mi jarabe de anacagüita, por si en la mañana me asalta la tos.

Regresé a nuestro bohío y me puse a mezclar y a moler. En la Escuela de Medicina le hubieran hecho cesárea a la nena de Eusebia, pero mi abuela creía en otros métodos. Sentar a la parturienta en una palangana con infusiones de sábila, masajearle la barriga; darle a beber muchas tazas de hierba de tajo para que los cueros se expandieran, meterle la mano hasta el codo por entre las piernas y virarle la criatura hasta que cupiera por el hueso.

—No hay que violentar el cuerpo. La sangre complica las cosas.

Mezclé las hojas, herví las aguas. Colé la tisana. Me acosté en mi camita de yute a esperar a que Mano Santa me mandara a buscar. Pero me quedé dormida.

Un rayo de luz comenzó a iluminar las cosas. La noche cerrada empezó a ponerse gris, luego rosa por una esquina. Los pájaros comenzaron a trinar. Empecé a distinguir el contorno de las cosas. Me lavé y peiné. Era temprano en la mañana, tempranísimo. De seguro Mano Santa mandaría pronto a alguien a que me buscara para llevarle sus medicinas. De repente, un ruido inusual envolvió a La Doradilla, un ruido y olor a polvo y a humo. Me asomé a la puerta del bohío. Vi otro carro. Al principio pensé que era doña Martha, que regresaba a buscar algo que se le pudo haber quedado. Pero no: un carro inmenso, azul metal, se estacionó frente a la alambrada de palos de la finca, frente a las matas de orégano brujo y verdolaga y el retoño del árbol de almendro. Unos niños del barrio venían corriendo detrás. Niños que no iban a la escuela, que se levantaban al amanecer a buscar leña, agua al pozo; niños que, con suerte, se levantaban a preparar la harina de trigo de las mañanas para despedir a su padre, cortador de caña. Niños panzones de todos los matices del marrón;

color tierra. Venían con la ropa raída haciendo alharaca, corriendo detrás del carro azul.

En el carro venían dos, pero sólo se bajó uno; el que no conducía, un señor rechoncho en mangas de camisa. Gris, trasnochado. Tiró un cigarrillo al suelo que uno de los niños recogió para fumárselo. Se metió las manos a los bolsillos y lanzó algunas monedas al aire; los niños se tiraron como pollos detrás del maíz. Luego se arremolinaron en torno a él, pidiendo más, y más les dio el señor. Terminé de poner el jarabe de mi abuela en un bolso. Busqué más hojas de hierba de tajo. Me compuse la falda y salí para ver quién era el que aparcaba frente a la casa; algún rico con hija preñada que venía a buscar el remedio infalible de mi abuela. Esos siempre llegaban de noche o al filo de la madrugada, aprovechando la penumbra que los encubría. O venían a buscar el otro remedio, el que dejaba y no dejaba quedar encinta a las hembras; el que ella también sabía hacer con corazón de viento. Debía decirle que Mano Santa estaba ocupada, que viniera más tarde o que pasara por donde Eusebia, la de Carmín. Me dispuse a bajar las escaleras.

Afuera, asomado a la verja, estaba Gardel.

Me quedé de una pieza, con un pie apoyado en uno de los escalones de la escalera de palo y otro a medio aire. No podía ni subir ni bajar. Me repasé por fuera: quería verme serena, dueña de mí misma, sin turbación. Respiré profundamente. Finalmente, mi otra pierna empujó las faldas dibujando un giro en el aire y terminé de bajar las escaleras. Caminé suavemente hasta la verja, pausadamente, con intención. Gardel esperaba, fumándose ya otro cigarrillo.

—Vine a buscarte. Te debo una visita —me explicó.

—Ahora estoy ocupada. Tengo que entregar recado.

—Yo te llevo. Vení.

Me monté en el carro y fui, como si aquello fuera lo más natural del mundo. Como si todos los días un carro con chofer fuera a buscar a la nieta de la curandera a las puertas de su rancho en el barrio Mameyales. Simplemente volví al bohío por la bolsa de yute, caminé serena de vuelta, moví la verja de palo para pasar, esperé a que Gardel abriera la puerta del pasajero y me senté adentro, se sentó él, y esperé a que el carro partiera. Una coreografía de gestos y de pasos me llevó directamente. Gardel me pidió que le explicara al chofer adónde íbamos, y zarpó la nave. Todas las vecinas se asomaron puerta afuera a verme partir; todos los niños nos siguieron corriendo hasta la casa de Carmín y Eusebia. Todo Mameyales contempló el suceso. Miraron a la nieta de Mano Santa sentada en un gran carro azul con un señor que fumaba con una mano apoyada en la ventanilla, mientras su chofer manejaba. Nadie supuso que era Gardel. Imposible que fuera Gardel. Esas cosas no le pasan a la gente de La Doradilla.

Habría que preguntarle al chofer si oyó nuestra conversación. Habría que preguntarle su versión de los hechos. Era viejo el conductor del carro aquella mañana en que Gardel me fue a buscar, un señor mayor. No iban con el Zorzal ninguno de sus hermanos. Se adelantaron hasta el próximo pueblo de la gira, me explicó el Bardo:

—Allá me esperan. Pero quise venir hasta acá a cumplir lo prometido.

Gardel le dio una calada profunda a su cigarrillo. Aguantó el humo en sus pulmones. Luego exhaló despacio.

—Me gusta donde vivís allá en la ciudad. Se parece al lugar donde me crie.

Yo guardé silencio, inquieta. Por la ventanilla miré a todo el que me miraba. No podía correr mucho el carro de Gardel, porque los caminos del vecindario estaban llenos de hoyos. Eran caminos de tierra. El carro avanzaba pesadamente sobre arena y fango, pero aun así avanzamos. No sabía que aquella travesía me convertiría en serio en Atlantea, única entre guerreros. La que cruzó el *ponto* violento; la que no esperó en el lar por los hombres y se lanzó a viajar.

—Te busqué porque se me montaron unas ganas terribles de hablar con vos —me explicó Gardel. Yo contemplaba el humo de su cigarrillo escapar ventanilla afuera—. Es difícil encontrar con quién hablar así. Se siente lindo.

Luego me miró hasta obligarme a devolverle la mirada. Esbozó una de esas sonrisas suyas, de las que aparecían en las fotos, en el cine.

—La verdad que esa cosa que me diste aclara la voz. Mejor que los aceites de canto. Quita la garra que últimamente me tenía amarrado de la garganta.

—Si quieres, te preparo suficiente remedio para que te dure la gira entera. Te explico cómo tomarlo y ya, no tienes que buscarme más.

Gardel soltó una carcajada humeante al viento.

—Crucé la Isla como un poseso porque ando con un camote terrible. No sé qué tengo. Canto clarito, pero no sé qué tengo. No paro de pensar en vos. ¿No será que con el remedio me estás embrujando, negra?

Llegamos al camino que conducía a la casa de Eusebia. Nos bajamos y nos dirigimos hasta el bohío. La brisa se llenó de olor a sangre y a sudor. También a cartón mojado. Mi abuela estaba afuera, sentada en un escalón, tosiendo como si se le fuese a rajar el pecho.

Apresuré el paso para llevarle su jarabe. Mano Santa por poco me arranca la botellita de la mano. Se tomó casi toda la anacagüita de un trago. Luego respiró profundamente y me apartó.

—Dichosos los ojos, señor. Me imagino que ya está mejor —le dijo a Gardel sin hacerme caso.

—Vine por su nieta. Tengo función en Mayagüez, y en otros pueblos más. Si me enfermo, no quiero que nadie más me atienda.

Mi abuela me miró de medio lado. Fue una mirada rápida, volátil.

—Por mí, está bien que se la lleve, pero Micaela es quien decide. Ella tiene la última palabra.

No sé por qué lo hice. Hoy no me lo puedo explicar. Pero la Micaela Thorné que una vez fui cambió de repente. Gardel y mi abuela hablaban de mi destino dándome las espaldas. Una fuerza que no entendí me hizo dar un paso largo, luego otro hasta alcanzar a Gardel; caminé hasta tenerlo de lado y a Mano Santa de frente. La miré largo y tendido. Luego miré largo y tendido a Gardel. Entonces decidí que sí. Que me iría con el Zorzal.

Esa mañana recogí mi ropa limpia, empaqué hojas y remedios y me monté en el carro azul mosca donde me esperaba Gardel. Me alejé de La Doradilla. Le indiqué al chofer cómo llegar a la carretera de la playa rumbo al oeste. Miré cada tanto por el retrovisor, contemplando al sol rebotar contra la piedra caliza de los mogotes. Oí a Gardel hablar, hablar por horas. Recuerdo todo lo que me contó.

—Me tenés embrujado, negra. No sé lo que me pasa —confesó.

Yo tampoco supe por qué accedí a seguirlo, permitir esas y otras cercanías. Una fuerza mayor me indujo, me condujo, me arrastró.

¿Cómo se llamó aquella fuerza, esa combustión? ¿Por qué me dura hasta ahora? Ahora que estoy muriéndome puedo permitirme la debilidad de preguntar. ¿Aquello que se dio entre nosotros fue un espejismo de palabras contra el mar? ¿Fue el amor? Nunca me gustó esa palabra. Aún no me gusta esa palabra.

Tal vez fueron las dos cosas. Una accede a dar un paso, tomar un rumbo, y ya no sabe dónde irá a parar. Una sabe que hay precios que pagar por tomar un camino. ¿Fue ese el precio que tuve que pagar por andar mi camino?

La Micaela que una vez fui pensó que sabía adónde iba. Gardel pensó que sabía adónde iba. Pero aquello que nunca tuvo nombre nos desvió el andar.

10

Los puertos

Nos dispusimos a cruzar la Isla por lo largo. Gardel hablaba y hablaba. Era para llenar el silencio y aquella distancia extraña que se estableció en el asiento trasero del carro azul mosca al principio del viaje, que luego se disipó y después regresó para quedarse. Yo lo escuchaba atenta de rato en rato, pero de repente mi vista se iba hacia el paisaje. Los mogotes de piedra caliza, los cañaverales, los golpes de vista entre los cerros verdes que de repente dejaban al descubierto el mar.

—¿Vos bailás, cantás? —me preguntó, intentando atraerme hacia él; vencer esa inicial distancia.

—Tengo una hermana que canta y toca el arpa. Yo salí con dos pies izquierdos y sorda para la música.

—No parece.

—¿Cómo que no parece?

Y me tocó. Puso su mano ancha sobre la mía, que se perdió entre sus dedos como un pajarito. Luego comenzó a cantar. No recuerdo cuál fue. Sí recuerdo como si fuera hoy su voz colándoseme entre los dedos. La canción subió brazo arriba hasta el pecho y allí se alojó. Aquel sonido borboteó allí como un chorro de agua densa, pero a la vez como una caricia concreta, no por el tacto sino por otra cosa que operaba en aquel carro; un tacto interno que me hizo vibrar. La vibración de cada nota chocó contra mi piel, traspasándome. Los dedos se me hicieron agua, sudor, palpitaciones, un eco de ondas y de respiros. No pude sostenerle la mirada a Gardel mientras cantaba.

Cerré los ojos para escucharlo mejor.

La canción contaba de un caballo, de unas aguas, de unos caminos y de un puerto. De una carta que nunca llegó. Luego se hizo el silencio y yo volví a abrir los párpados. Me tomó un segundo reconocer el lugar y la situación en que estaba. Gardel me miró lentamente y sonrió malicioso. Sabía hasta dónde me había llevado con su voz, los efectos de su canción. Jugueteó con los dedos de mi mano.

—Cántese otra, Carlitos. Ande, que yo vengo pidiéndoselo desde que se montó en el carro allá en San Juan y lo que ha hecho es darme cháchara. No es hasta que hallamos a la morena que me complace. Cánteme *Mi barrio*, que es mi favorita.

Ese fue el chofer, que nos interrumpió.

—Che Juan, se ve feo que dos hombres solos se canten canciones en un auto. Con una dama presente es otra cosa.

Rieron ambos. Yo seguí perdida con aquella sensación de su voz ensanchándome el camino de los latidos. Gardel complació al conductor y le cantó *Mi barrio*; cuando terminó, recostó la cabeza en el asiento del carro. Aún sostenía mi mano entre las suyas.

—Me voy a echar una siestita, mi negra. La noche fue larga.

Entonces recostó la cabeza en mi hombro. Dejó que su cabello negrísimo y engominado allí reposara y de repente todo él se relajó. Empezó a respirar pausadamente. Yo tuve ganas de dormir con él, pero no podía. Seguía sintiendo aquello que vibraba dentro de mí; aquellas resonancias que me mantenían vibrando. Me puse ansiosa. Algo iba a pasar, eso que empezó a cuajar en el cuarto cuarenta y cinco del Vanderbilt, que aleteó en el camerino del Paramount, ahora daba bandazos contra las ventanillas del carro, contra las portezuelas, desesperado por desplegarse en aquel viaje. Por encima y por debajo y a través de mi cuerpo.

Al final, a mí también me venció el cansancio.

No sé cuántas horas estuvimos dormitando en el asiento trasero de aquel auto. No sé si fueron minutos. El tiempo pasó. Cuando abrí los ojos, todavía era de día. Gardel seguía durmiendo, sujetándome la mano. Miré ventanilla afuera. Los mogotes de piedra caliza se sucedían uno tras otro. Aquello era todo verde, campo tupido sin cultivar. Me puse a leer el monte. Entre la maraña de árboles y hojas, lograba identificar capás, magas, cedros, alguna palma real, caobos por donde trepaban enredaderas, bromelias araña. Allí estaban ellas, las plantas y su imperio. Unas vivían de las otras, arañando el cielo en busca de más luz. Otras daban sombra y fruto mientras miles de millones de hojas se convertían en excrecencias para formar el mosto. Yo era del campo. Podía dar fe del monte y su imperio. En medio del monte existían las lombrices, el calor implacable, la tierra aruñada para que se diera alguna raíz o fruto que se pudiera comer. Por el monte aparecían flores, miramelindas y algunas bayas, pero lo que reinaba era otra cosa, otra pulsión además de la flor. Cerca del pétalo rumiaban los insectos y los hongos, las bacterias y la muerte operarían para que el ciclo comenzara de nuevo. Las fitoblastinas y los compuestos entre las excrecencias curaban. En alguna loma solitaria se levantaba un bohío sobre zocos. Luego, contra los cerros y su imperio, se abría un valle y aparecía el cañaveral.

Gardel me sintió despierta. También él se despertó de su sueño. Sonrió al comprobar que yo no había retirado mi mano de la suya, que todo el tiempo que dormitamos en el carro nuestros dedos permanecieron entrelazados, haciendo valer una callada indecencia. Levantó mis dedos hasta su boca y los besó con rapidez.

—Che, Juan, mirá dónde podemos aparcar el carro. Me hace falta desperezar las piernas y fumarme un cigarrito.

—Qué bueno, Carlitos, porque yo tengo que cambiarle el agua al canario; usted ve. Llevamos como cuatro horas de camino. Y lo que nos falta...

El chofer estacionó a la vera de la carretera. Gardel y yo nos bajamos a caminar un poco. Yo me estiré. Tenía el costado adormecido. Juan se perdió entre la maleza. Lo oí llamar a Gardel. Luego los vi a los dos de espaldas, parados contra el verde, de seguro orinando. Me entraron ganas a mí también. Fui buscando un camino, alguna ruta entre el pastizal que me tapara y donde pudiera ponerme en cuclillas.

Cuando salí de la maleza, ya Gardel tenía encendido un cigarrillo. Don Juan caminaba de regreso al carro. Solitario, el Zorzal admiraba el paisaje. Me le acerqué. No me di cuenta de que en una mano sujetaba una amapola.

—Para vos.

Tomé la amapola entre los dedos y la contemplé por un rato. Era como en las películas. En medio del paisaje bucólico, un hombre le regala una flor a una mujer.

—Gracias.

Me puse la amapola en el pelo. Gardel continuó fumando. Fui yo esta vez la que rompió el silencio.

—Sabes que el cigarro le hace un daño terrible a los pulmones. Además, daña la garganta, las cuerdas vocales. Si pasas tanto trabajo para cuidarte la voz, ¿por qué fumas así?

—No lo puedo evitar, negra. La espera es infinita cuando uno canta; es infinita en lo que salís a escena. Los caminos, las giras, el laburo fuerte por ahí, por donde aparezca, en lo que llega el contrato, la gran oportunidad. Y después viene más laburo, otra gira, otro pueblo, otro país, otro y otro. Tenés que esperar en lo que llegás. ¿Qué hacés mientras esperas?

Gardel le dio otra calada a su cigarrillo. Luego me ofreció una a mí. Yo no quise probar. Sonrió y tiró la colilla humeante entre el pasto.

—De algo se tiene uno que morir. Si escojo bien mi veneno, quizás le gano al destino.

Me tomó de la mano y caminamos un trechito más, en silencio. De repente una pregunta se me alojó en la cabeza. Quise saber. Necesitaba saber.

—¿Cuándo empezaste a cantar?

—Fijate, no fue en el Abasto. En el Abasto trabajaba en bares, le agenciaba clientes a las minas, canturreaba canciones, pero una cosa privada, viste, entre el rufo, para matar el tiempo. Le entré a esto en Montevideo. Me entrenaron el Tano y la Valeriana, una mina tan oscura como vos.

Miré mi piel, lo miré a él. Gardel entonces sonrió, pero aquella era una sonrisa íntima. Dirigida expresamente a mí.

—¿Crees que sos mi primera morena?

—¿Hay gente de mi color en tu país?

—Algunos. Me crie en los puertos, Micaela. A los puertos llega todo. De los puertos todo parte.

Se hizo un silencio. Gardel me fue llevando hasta debajo de un flamboyán. Ya era casi Semana Santa y los árboles se preparaban para encender sus flores carmesí. Tenía algunos ramilletes abiertos, pero pocos. Lo otro eran vainas de semillas y hojas.

—¿Qué árbol es este? Lindo.

—Nombre científico del flamboyán: *Delonix regia.* También conocido como árbol de la llama. De la subfamilia *Caesalpinioideae*, tiene su origen en Madagascar y quién sabe cómo llegó hasta estas costas del Caribe. Lo habrán traído los conquistadores, me imagino; los hacendados, para adornar la entrada de sus ingenios esclavistas. Su copa asombrillada da sombra, sus vainas color castaño oscuro guardan semillas y su tronco algo torcido exhibe una corteza gris y áspera. Es un árbol muy sensible al frío. Necesita bastante espacio para expandir sus raíces. También requiere de mucho sol y temperaturas muy suaves para florecer con abundancia.

—Como tú, Micaela —acotó Gardel mientras le explicaba todo lo que sabía de los flamboyanes—. Por fuera eres rugosa. Pero de cerca se te cae la corteza. Ahí uno se entera de que necesitas de temperaturas muy suaves para florecer.

Gardel tiró de mi mano hasta que quedamos sentados bajo la sombra del flamboyán. Don Juan había reclinado los asientos delanteros del carro azul hasta casi aplanarlos con los traseros. Dejó las portezuelas abiertas para que entrara la brisa. Desde nuestro puesto bajo el flamboyán lo vimos descansar.

Llegó la carta, la que Berthe y él esperaban en el Uruguay. Madre e hijo cruzaron de nuevo el mar. No, mentira. Aquello era un río tan ancho como un mar. Sus aguas eran de un gris corteza que se extendía hasta perderse en el horizonte. No tenía nada azul. ¿Cómo es posible que un cuerpo de agua no tenga nada de azul?

—He hecho este trayecto varias veces —le dijo su madre—. Ya verás como al otro lado nos irá mejor.

Al otro lado de ese río que era un mar los esperaba Anaïs Beaux. Fue a recibirlos con su marido Fortunato. Los alojaron en el cuarto de atrás de su casa en la calle Jean Jaurès. Mudaron de nombre. Ya su *Maman* no se llamó más Berthe, sino Berta, y él dejó de ser Charles Romuald: se convirtió en Carlitos. El apellido de ambos era Gardés. Berta y Carlos Gardés. Decían que venían del Uruguay profundo, que estaban esperando que les llegaran sus papeles. Se quedaron unas semanas con Anaïs, pero Berta tenía un plan y dinero ahorrado. No duraron mucho tiempo en lo de Anaïs y Fortunato. Al rato se mudaron a la calle Corrientes, luego a Huacamanga. Su madre lo apuntó en el Colegio San Estanislao, para que se instruyera como aprendiz de artesano.

—Nunca terminé —comentó—. Filamentos. Humedad —me dijo—. *Maman* se escondía por las noches para planchar y toser. Yo le peleaba: «Vieja, dejame dormir en el piso, que ya soy mayor. Obedece a algún hombre, alguna vez en la vida. Yo soy el hombre de esta casa».

Pero no, de ninguna manera. Su *Maman* se echó a reír y no transó. Berta siguió durmiendo en el piso para que su hijo pudiera descansar entre las sábanas calientes que ella misma planchaba.

Un día rentaron una casita. Ya no más cuartos, ya no más dormir hacinados en las trastiendas de los demás.

—¿Ves que nos va mejor? Acá triunfaremos.

En la casita no soplaba el viento, pero desembocaba en el Abasto, la Plaza del Abasto. Aquello era el mundo entero. Adentro bullía todo, como metido dentro de una gran caldera. Gardel nunca había visto tanta gente junta. Nunca había imaginado tantas mercancías pasando de mano en mano. Sacos de trigo y de cebada llegaban de los campos en grandes camiones. Los estibadores trabajaban el día entero apilando. Desmontaban, acomodaban y luego volvían a apilar sacos en otros camiones que se llevaban a restoranes, almacenes, colmados, casas, hoteles, fábricas. Los carniceros andaban siempre manchados de sangre: de vaca, de terneros, de puercos, de corderos, de bueyes. Los cortes de lomo, las criadillas, bifes, costillas, colgaban de grandes ganchos que los carniceros volvían a cortar, a enliar en papeles de cera, a pasar de mano enguantada a mano dispuesta a depositar dineros. Así todo el día y toda la tarde.

Después llegaba el tiempo de las otras mercancías. Se cerraban las puertas de los puestos. Se abrían las puertas de los bares. Y había bares. Muchos. Al mozo Gardés le parecieron cientos de miles.

Todo era veloz, la comida, las bebidas, el sudor, la gente. El Abasto era multitud. Mucha gente hablaba el lenguaje de su madre, mas hablaban otros: tano, ruso, rumano, criollo. Sin embargo, una *lin-*

gua franca dominaba. Era el lunfardo: lengua de puertos. Todos la hablaban.

—Hasta los pitucos la hablaban. Se perdían de noche por el Abasto, venían en sus coches, con sus fracs y sus escarpines a mirarnos malvivir. Se metían en los bares. Querían aprender a bailar como nosotros, a hablar como nosotros.

«¿De dónde venían?», quise preguntar yo, la Micaela Thorné de los Llanos que fui una vez, sentada a la sombra de un flamboyán.

—Venían de arriba, de Palermo —me contó como adivinándome el pensamiento—. Era como si el Abasto los llamara. Carne, pitucos, frutas, minas, bares, canción. Todo llegaba al Abasto. Pasajero y de otro lugar. Siempre moviéndose.

Gardel caminó por el Abasto atontado, en una nube. Toulouse era un pueblo chico, Montevideo otro; el Abasto era el centro del mundo. Fortunato, el esposo de Anaïs, le abrió los ojos. Al principio Berta se inquietó. Se dio cuenta de a lo que Fortunato venía cuando pasaba por la casita del Abasto a procurar por su hijo.

—No lo acarriés, Fortunato. Mirá que del otro lado el chico ya andaba metiéndose en problemas.

—Este ya no es un chico, Berta. Lo querés para siempre colgado a tus faldas. Se te va a putear.

El mozo Gardés empezó a pantuflear con él. Fortunato lo dirigía por las calles, guiándolo. Le presentó a sus amigos.

—Este es como si fuera mi hijo.

Gardel se lo escuchaba decir. Sentía vergüenza con la frase, pero además ternura. El «como si fuera» le hacía apretar los puños.

—Como si fuera una astilla de mi tronco —remataba Fortunato para luego comenzar la tertulia con los pares.

Fortunato lo llevó al O'Rondeman cuando aún Gardel asistía al Colegio San Estanislao.

—Sírvanle un trago a mi muchacho —ordenó batiendo las puertas del negocio.

El chico esperó el trago, que luego se empinó de un tirón. Quemaba, pero aguantó. «Soy un hombre, no tu muchacho», pensó mientras pulseaba con Fortunato, mirándolo a los ojos con una rabia que no era para él.

—Cantinero, otro trago para el joven.

Ese vaso de aguardiente se lo tomó con más calma.

—Así que ya eres todo un hombre. Lo único que falta es traer plata a la casa.

—Ya la traigo.

—Plata que cuente. No las monedas que te ganás lustrando zapatos.

—A veces traigo más…

—Aquí en el bar están contratando. ¿Verdad, cantinero, que andan buscando quien trabaje?

El cantinero era conocido de Fortunato. Le habló. Buscaban un muchachón que ayudara a imponer orden en el sitio y metiera el lomo para limpiar las mesas, traer mercancía, preparar los tragos. Al otro día, el mozo Gardés abandonó el San Estanislao y se fue a trabajar al O'Rondeman.

Berta no dijo nada.

El trabajo empezaba de tarde. Gardel salía a media madrugada. Dormía de día y por las noches se encontraba con sus hermanos de la calle, pandilla de otros hijos de nadie que convirtió en hermanos en un santiamén. En Montevideo había aprendido cómo hacerlo. Se iba a dar vueltas por ahí, a meterse en el Progreso, en el Chanta Cuatro, a hacer cosas de hombre. Andaregueaba con los rufianes, ganaba batallas de esquina, perseguía fulanas. Pero todos los días llegaba a la casa a dormir con la vieja; aunque fuera tan sólo a tomarse el mate amargo por las mañanas, dormía en lo de la vieja.

Entonces cumplió quince años.

—Y no soporté más aquello porque allí también pasó. Hijo de la Francesa: Francesito. Los giles del Abasto también usaron el mote para bautizarme. «Llevale mis saludos a tu madre». Puños, carreras. *Maman* me veía llegar y trataba de calmarme. «No hagás caso. La gente habla sin saber». Y yo, «La gente habla porque sabe, vieja. ¿Quién es mi padre, decime? ¿Por qué no se casó con vos? ¿Qué hiciste para espantarlo?».

—Tenerte a vos —le zafó.

Una palabra se le fue empozando en la boca, como una gota de veneno, cayendo pesada en la curvatura de la lengua.

—La palabra, la palabra, esa palabra —me contó bajo el flamboyán—. Pero no la dije. Antes me escapé con un amigo a Montevideo.

Montevideo había cambiado. Ya no era la ciudad de su infancia, siete calles adormiladas que desembocaban en un puerto. Para ese entonces, San Felipe y los barrios costaneros se habían convertido en una melodía salvaje. No como el Abasto, jamás como el Abasto, pero casi. Centros obreros y casas de baile. Tronaban vitrolas. Más gente transitaba por las calles. El mozo Gardés recorrió esas calles, encontró trabajos. Barrió pisos, estibó mercancías. Vigiló concurrencias, vendió su corpulencia y sus ganas de pelear al mejor postor. Así se sacaba la rabia de adentro. La palabra, aquella palabra. Ya con quince años, cigarrillo en boca y gordo como una encina, el mozo Gardés rumió San Felipe entero con cara de matón.

Una noche, en uno de aquellos bares, un hombre cantó. El mozo Gardés recordó la canción de los puertos. La cantó con él.

—Me dieron tres mangos.

—Cantás bonito, como un zorzal —lo piropeó Isidoro Vidal.

Para poca cosa quería Isidoro Vidal su nombre. Todos le llamaban el Tano. Pero él no era tano de verdad. Era mezclado. Quién sabe qué otras razas le corrían por las venas. Isidoro lo invitó a unos tragos. Gardés se los aceptó, contento. Hacía tiempo que no bebía en paz, que no gozaba de un instante tranquilo. La vieja. No tenía noticias de ella. Ni ella de él. Así era mejor. Ya se le estaba espantando de la conciencia aquella palabra. Le hizo bien el trago que le ofreció aquel hermano con el cual compartía el recuerdo de una canción.

—Cantás bonito, como un zorzal…

Eso lo hizo reír.

—Yo que vos, armo una bandita. Tenés bonito timbre. Los clientes sueltan guita cuando le entran al trago y esperan minas. Podés cantar en bares y en las casas de citas, o por ahí, en la calle; pero antes tenés que mudar la barba, cachorro.

Gardés montó en guardia. Se endureció por dentro. El Tano lo leyó al tiro.

—No me lo tomés a mal. Escuchá y si querés, bien. Si no, no me des bola. Tenés que entrenarte en serio para que te salga la voz directa desde el pecho, como cuando uno se lanza a bramar. No sabés meter guasca y se te nota. Tan sólo te falta eso. Yo te enseño, si me dejás.

Al día siguiente, Gardés pasó por la casa del Tano. Le abrió la puerta la Valeriana: piel más trigueña que la suya, ojos verdes, caderas paridoras, pelo largo, oloroso a humo, del mismo color canela que su piel. Libanesa, gitana. Gardés nunca supo de dónde era. No le dio tiempo a saber, la Valeriana lo fisgoneó sin preguntar. Le llegó claro el mensaje: aquella gitana quería algo más que las buenas tardes.

Isidoro salió de atrás de una cortinita, ajustándose la correa de los calzones.

—Esta es mi amiga Valeriana. Pero ella no es mujer de nadie. Lo que pase entre ustedes, entre ustedes queda. Si seguís viniendo a que te enseñe a cantar, no quiero enterarme de nada.

El aire se tensó bajo el flamboyán. De inmediato supe que venía la parte gruesa del cuento.

—Yo la fajé como sabía, como podía —me contó Gardel—. Entre la Valeriana y yo no mediaron negociaciones ni precios. Empezamos lo nuestro cuando Isidoro se iba sin decir adónde. Valeriana me fue enseñando a cortar el apremio. A usar los besos, las caricias; a hacerla sentir. Nuez moscada, olor a granos y a viento: a eso olía la Valeriana cuando explotaba conmigo. Cuando me hacía explotar, ahí justo se salía ella. «No, adentro no —me decía recia—. Yo no caigo en esa trampa». Aquello me volvía loco. Isidoro me enseñaba canciones. Me iba con él a cantar a los bares; ahí lo dejaba en el trago. Volvía a lo de la Valeriana. Con ella, con él, aprendí a bramar en serio.

Así me lo contó Gardel bajo el árbol de Madagascar. Que él sí sabía cómo hacer sentir a una mujer, sabía hacer sentir una canción, había tenido muchas canciones y mujeres. Su repertorio era amplio, variado, antiguo. Yo no había sido la primera ni sería la última. Si caía en sus manos, sería tan sólo otra flor en su colección.

En respuesta, desenredé mis dedos de su mano.

Gardel me miró sereno. Metió la mano libre al bolsillo y encendió otro cigarrillo.

—Pero eso no fue lo único que aprendí de la Valeriana. Me dejó un regalito. Allá en Montevideo empezó esta historia con vos.

—¿Cómo así? —le pregunté intrigada.

—¿Verdad, Morocha, que sabés el nombre del mal que me aqueja?

Asentí con la cabeza.

—Fue regalo de la Valeriana.

Llegaron los bandoneones, la música en los bares y en las calles; los abrazos, las bocas olorosas a aguardiente. Gardel salía de los conventillos para llegar a los bares donde se podía cantar; a las calles donde a veces se podía cantar y bailar por unas monedas. Oía habaneras y milongas para medir a los contrincantes y robarles una que otra canción. Veía bailar canyengues, bailes de corte y quebrada para seguir la ruta que marcaban los cuerpos. Piernas contra piernas, la faca hinchada, me contó. Sangre entre las piernas y manos en las caderas. Merodeaba los puertos con su amigo Alfredo y con Isidoro Vidal hasta que se les gastaban las suelas. Isidoro siempre andaba con su guitarra, él con la otra viola. Tocaba mal, pero se las arreglaba. Además, empezaba a criar voz. Valeriana se la terminó de pulir. Cantaba.

Los inmigrantes empezaron a reconocerlo, a pedirle canciones: «Cantame una jota, una sevillana». Los de los campos se lo pedían llorosos. «Una chacarera, Francesito, un entrerriano». Pero los más necesitados eran los que salían de la cárcel. Rebuznaban en lunfardo «Cantame un tango, pibe», y le tiraban monedas, a él, a Isidoro. A veces, la Valeriana los acompañaba y aprovechaba. Hacía la calle de brazo en brazo, de boca en boca. Ellos no le perdían el rastro, la vigilaban. El Tano y el Francés la miraban con esa rabia que por dentro los hermanaba; los celos los hermanaban. Después se medían de reojo recordando los momentos en que el otro montaba a la Valeriana, que era hembra de los dos. «Nos hacía querer matarnos como se matarían dos hermanos —dijo—. Bailando, fumando, midiéndonos como para despedazarnos, sabiendo que la rabia era también la soledad».

Merodeaban por San Felipe. Allí iba a bailar todo el mundo, desde los ricos hasta los inmigrantes bajeros; los que no tenían ni un peso para una cama en los conventillos.

—En San Felipe afané bolsillos, tajurié con naipes, hui de la ley. Y cuando no, canté. Pero entonces, al Papa le dio con que aquella era música del demonio. La cosa cambió. Tango era lo que todos querían escuchar.

Los ricos bajaban en sus autos hasta los barrios del puerto, hasta San Felipe, Palermo, la costanera de Ciudad Vieja. Venían desde sus barrios a restregarse con los pobres.

—Bebían, se jugaban la hacienda en los naipes, andaban con el bramaje. Y nosotros ahí, de divertimento y mercancía. Pero entonces, una noche, pasó aquello; no lo vi venir, Micaela, te juro que no lo vi —me comentó y se le aguaron los ojos.

»Todo pasó tan rápido. Fue después de una milonga. Isidoro y yo terminamos de tocar, recogíamos monedas del piso. Una sombra salió de la nada, se nos encimó. Un metal rasgó el aire, después vinieron los gritos. La gente llegó volando. Allí estaba Isidoro con la mano bañada en sangre; se aguantaba las costillas. Nadie vio nada. Arrancamos a llevarnos a Isidoro hasta la casa. Lo alzamos entre los paseantes. Yo los dirigí hacia el conventillo de Palermo, pero el Tano rindió los ojos mirando para ningún lado. Se nos volvió fiambre por el camino. Se lo llevé hasta su cuarto y ella me miró con odio, la Valeriana. ¿Por qué? —me preguntó Gardel—. Si estábamos cantando. Estábamos buscando chamba para aliviarla de las noches entre sudores de bacanes. ¿Por qué me miró así? Me dieron ganas de abofetearla, pero ella se me adelantó. Me brincó encima hecha una fiera. Me llenó la cara de dedos, una, diez veces, todas las que le aguanté. Luego se largó a gritar. El Tano era un fiambre y la Valeriana me abiandaba como si hubiese sido yo el que lo ensartó.

»"Rajá, pibe —dijo alguno—. Marchate, en lo que la mina se calma"».

Gardel se pasó la noche callejeando, con los ojos vacíos del Tano quemándole la conciencia; con el recuerdo de su piel colándole su frío por la espalda. Los muchachos lo encontraron frente al Guardiñol. Lo llevaron bajo techo. Lo pusieron a dormir.

Al otro día quiso saber del sepelio. ¿Dónde iban a enterrar al Tano Isidoro Vidal? Cuando llegó a casa de la Valeriana, ya se lo habían llevado.

—Lo mandó a buscar su mujer —le explicó ella llorando—. Que no nos apareciéramos por allá. Lo mandó a buscar para darle cristiana sepultura.

—No quiso saber más de mí después de que lo mataron.

Gardel respiró profundamente.

—Algo raro me ocupó por dentro. Algo como de animal. Empecé a pegarle trompadas a quien me mirara torcido. Empecé a meterme en problemas, a beber de más, a no querer ir al laburo. Un día me agarró la cana y me enfriaron por un rato. Antes me habían arrestado por varios casos sin resolución. Ratería menor, disturbio a la paz, agresión. Aprovecharon para tirármelos todos encima. Cumplí prisión por unos meses.

»Entonces pensé en la vieja —me dijo—. Conté los días. Salí. Me largué de todo aquello. Regresé al Abasto».

Bajo el árbol de la llama, Gardel me contó que su madre lo recibió sin preguntas, sin recriminaciones. Lo llevó llorosa hasta el cuarto que Gardel dejó de mozo y al cual ahora regresaba como quién sabe qué. Malandro, chulo, *cafisho*, hombre que sale de la cárcel con muertos encima, naipero, ladrón. Gardel miró el cuarto, miró a su madre, se miró por dentro. Abrió la boca para largarle todo, pero la volvió a cerrar. La madre se fue de su lado y caminó hasta la cocina, regresó y le puso a Gardel una bombilla tibia de mate amargo entre las manos; los ojos aguados, la mano un poco temblorosa.

—Se puso vieja la vieja, de cantazo. Por mi culpa. Porque me esperó. Nadie más me esperaría. Nunca más haría que nadie me volviese a esperar —me contó Gardel.

Los bares del Abasto lo apaciguaron. Fue a buscar trabajo. A mirar parejas bailar. Hombres con hombres, hombres con mujeres, cuerpos calentándose. Algún «hermano» alguna vez le echó la bocanada de su pucho demasiado cerca de la cara. Algún abrazo de vez en cuando lo sostuvo y le encendió la carne. Olor a salmuera, a orín y a catre sudado en la trastienda de los bares, pujos silenciosos de una carne fajando a otra, la que fuera. Como en la cárcel. «Como alguna vez tuve que hacer», susurró Gardel. Hubo quien lo ayudó a pasar la noche, allá en la trastienda. Hubo quien se quitara la corbata ayudado por los dedos nerviosos demasiado gruesos. Las minas expuestas se paseaban de brazo en brazo. Abrazaban también, sostenían también. Cantaban y bailaban para hacer sobrevivir la noche.

Empezó de nuevo a cantar. El mozo Gardés se iba al Chanta Cuatro y cantaba. Al Progreso y cantaba. Al Café del Pelao, al Armenonville. Después regresaba adonde la vieja; a olvidar.

Pero la Valeriana le había dejado sus recuerdos.

Como a los dos meses de regresar al Abasto, tuvo que ir a hacerse la primera cura. Se la hizo en secreto. Tenía la garganta hinchada y aquellas heridas abiertas allá abajo.

Que la vieja no se entere nunca de que tenía el mal.

—Te juro, Micaela, que por mí la vieja no se entera jamás.

—¿Nadie sabe?

—Sólo dos de los muchachos, ahora tú. Y aquí me tenés. Regalo de una hembra oscura. Pero mirá cómo es la vida —Gardel tomó mi cara entre sus manos y me hizo que lo mirara—. Ese mal me ha traído hasta donde vos. Otra hembra oscura me va a acabar de sanar.

11

Milonga frente al mar

Los acompañantes de Gardel seguramente ya nos esperaban en el pueblo del oeste. Nos faltaban más de tres horas de trecho. El camino se hacía largo hacia Mayagüez.

Ya entraba la tarde. Atrás iban quedando pueblos adormilados bajo el sol del mediodía. Los rayos del sol rebotaban contra el bonete azul del carro. Nos acercábamos a Isabela. Me empezó a dar hambre; creo que a mí y a mis dos acompañantes de travesía. Yo estaba acostumbrada a largas horas sin comida. Sé que Gardel también. Pero el Zorzal se reponía de una crisis. Además lo que le esperaba era cantar en otro pueblo. Debía alimentarse.

Se lo recordé acariciándole muy suavemente el brazo.

—Ya van a ser las dos de la tarde —le dije—. ¿Comiste algo antes de salir? Si no, va siendo hora.

Gardel me sonrió y me acarició la mejilla.

—Che, Juan, ¿por dónde podemos parar por aquí? Debe haber un lugarcito donde echarnos algo al cuerpo y estirar las gambas.

El carro tramontó una loma. Un inmenso golpe de azul nos acortó el respiro. El Atlántico apareció entero frente a nosotros. «Impresionante», murmuró Gardel.

Abajo, se veían el túnel hacia Isabela y las vías del tren. A lo lejos se alzaban puestecitos frente a la playa de Quebradillas.

—Allí deben vender pescado frito —comentó el chofer—. Y quién sabe si caldo santo.

—Micaela, ¿yo debo comer eso? —me preguntó Gardel—. No soy muy conocedor de la comida de tu tierra.

—Los caldos son buenos para la garganta. Además, no puede hacerte daño alimentarte bien.

—Se va a relamer los dedos, don Carlos. Un buen caldo de pescado con coco revive muertos.

—Momento, don Juan. Todavía no soy fiambre —bromeó Gardel.

Fuimos bajando la cuesta hasta llegar a un caminito de arena que daba directo a la playa. El carro azul serpenteó la ruta levantando nubes de polvo, esquivando hondonadas en la carretera hasta llegar a la hilera de palmas que separaba la costa de las vías del tren. Estacionamos frente al puesto hecho de tablones y techado con pencas de palma. Tenía el burén encendido al lado de un caldero que echaba humo; unos cuantos pescados envueltos en hojas de plátano sudaban encima de la plancha de metal bajo la cual ardía el fuego. Dos o tres banquitos de palo rústico y una mesa medio coja completaban la estancia.

Nos bajamos del carro con apetito. Don Juan se nos adelantó para averiguar qué tenían listo y comenzar a pedir. Gardel me tomó del brazo. Caminó lentamente, tomándose su tiempo. Comenzó a canturrear una melodía suave, imprecisa, algo que se le escapaba de la boca mientras avanzaba.

—Tú vives dentro de una canción —recuerdo que le comenté.

—Es que así siento las cosas. Si quiero guardar una memoria, canturreo cualquier tonada hasta que se me queda el recuerdo. Subo a las tablas y traigo la imagen a la cabeza con la memoria del sentimiento. Lo vacío en la voz.

Pensé en la noche del Paramount, cuando lo escuché por primera vez cantar. La Micaela que una vez fui lo había oído cantar miles de veces, pero no fue hasta la noche del teatro que Gardel se convirtió en una voz. Antes era otro de los ruidos de fondo de Campo Alegre; ruido con que apagar otros que no me dejaban pensar.

—Cuando cantaste en el teatro sentí que se me apretaba el pecho y se me hacía un nudo muy suave en la garganta.

—Eso es tango —me contestó Gardel—. No importa el cuento que eche, el tango siempre canta a esa soga que te jala del cuello; eso que queda lejos, pero que tira por el camino del regreso siempre.

—Son bonitos los tangos, pero son muy tristes.

—La tristeza es linda.

—¿Linda la tristeza? La tristeza aplasta. No deja avanzar.

—¿En serio pensás así? Será que sos muy joven. La tristeza es esa nota que se alarga como la de un bandoneón. Hace que el llamado crezca con el respiro de la distancia, que crezca la voz, porque lo ansiado queda lejos. Por eso el suspiro y el quiebre en la voz. Hay que estirarse hasta allá. Hay que hacer que el corazón lata hasta allá para que la añoranza alcance lo perdido y lo haga revivir en el pecho.

Llegamos hasta el puesto. La señora que atendía comenzó a prepararnos el servicio. Un señor, quizás marido de la doña, le hacía escoger al chofer cuál de los chillos al burén quería que nos sirviera. En un abrir y cerrar de ojos, tres platos de caldo con tostones fueron puestos delante de nosotros sobre la mesita del local.

—Coman antes de que se enfríe, que comer frío no tiene ninguna gracia —nos advirtió don Juan.

Comimos. Gardel se tomó su caldo de cuatro cucharadas y pidió más. No le hicieron mucha gracia los tostones, pero se devoró un costado entero del pescado, que era bastante grande. Yo me serví en cantidad modesta. Era la primera vez que almorzaba frente a Gardel. No quise que conociera la extensión de mi apetito. Pensé que lo correcto en aquellos momentos era que me viera comer de menos, aunque tuviera hambre de más.

Gardel pidió una cerveza como si el puestecillo fuera un restorán. «Si usted quiere, me monto en el carro y le busco una», se ofreció don Juan. «Fijate, Juan, que te acepto la oferta». Partió el chofer en pos de unas cervecitas frías hacia el pueblo de Quebradillas. Mientras tanto, Gardel y yo nos quedamos reposando el almuerzo. Yo le insistí en que se tomara un poco de agua de coco, que es buen hidratante y desinflamatorio. Los tenderos nos ofrecieron además un buche de café puya que pusieron a colar sobre un anafre.

Agradecí aquella pausa; aquel ratito a solas con Gardel. También agradecí que nadie en el puesto reconociera al Bardo. Tan adentro en la Isla no llegaban los cines, a duras penas la radio. En aquellos pueblos de salitre y caña, la marca de identidad de un cantante famoso seguía siendo su voz. Su imagen era aditamento impreciso, como si fuera de mentiras. No como en la capital, donde la imagen de

Gardel aparecía por todas partes: en la prensa, en afiches que adornaban las avenidas, en las carteleras de los cines. Acá, perdidos en la costa, reposábamos en un puesto playero; Gardel y yo éramos tan sólo una morena y un señor que almorzaban chillo a orillas de la playa. El señor era extranjero de seguro; hablaba con acento raro, pero estaba tan inmiscuido en su conversación con la muchacha que era obvio que la quería seducir. Vaya a saber Dios por qué la muchacha se dejaba. ¿Quién era aquella muchacha? ¿Estaba preparada para pagar el precio de esa deglución?

—Delicioso el pescado.

—Qué bueno que te gustó.

Gardel encendió otro cigarrillo. Se quedó pensativo por un instante.

—No me está yendo bien con el medicamento para el mal, Micaela.

—¿Te están volviendo las erupciones?

—Eso no es. Eso anda controlado, pero el mal no se va. Se aplaca por un rato, pero vuelve a azotar. Cada vez más fuerte.

Me quedé callada, escuchándolo.

—Y me siento decaído, como si tanto tiempo batallando con él me hubiera dejado con menos fuerzas. Ahora que al fin me va tan bien. Que quizás se acabe todo esto y pueda regresar al Abasto.

Gardel me miró con intensidad. Sus ojos parecían un mar oscuro, interminable.

—Quiero regresar, Micaela. Ya es tiempo de volver a casa. Cuando acabe esta gira, me regreso al Abasto.

Se hizo un largo silencio.

—¿Sabés?, es difícil entender el tango hasta que no lo bailás.

—Pues no lo entenderé nunca. Te dije que tengo dos pies izquierdos.

—Imposible, Micaela. Todo el mundo sabe bailar. Además, vos sos negra. Y el tango es negro; no del todo, pero también. Cele Flores, el Negro Ricardo lo hicieron; todos juntos lo hicimos nacer. ¿No llevás ese ritmo en la sangre?

Me le quedé mirando al Zorzal hasta que se dio cuenta de que su comentario me había incomodado. Lo hice sin pensar. Me sentí en confianza, quizás por todo el tiempo que ya había pasado escuchando a Gardel. Por su confesión estando en trance; por la noche que dormí con él.

Sin embargo, también él me metía en una caja junto a un montón de gente que no conocía. Otra vez era una clasificación, la continuación de algo ajeno, que se me atribuía solamente por la coincidencia de un color de piel. ¿Y lo que yo quería ser? ¿Y quién yo era? La sangre no es de otro color sino roja. Su ritmo no es otro que el que impone un corazón, que no es más que un músculo que se expande y contrae, que no responde a otros impulsos sino a los de la biología. ¿Qué es eso de llevar un ritmo en la sangre?

No me importó que Gardel sintiera mi enojo. El Zorzal no pidió perdón ni retiró lo dicho. Tan sólo me sostuvo la mirada hasta que yo acepté su invitación, su reto quizás. Quería que argumentara mi punto, que lo contradijera.

—Mi madre es costurera. Mi padre tenía una imprenta pequeña y era el tipógrafo del pueblo. Soy nieta de una curandera, pero hija de artesanos ilustrados. La primera de mi familia en pisar la universidad. Soy una mujer con estudios, con futuro. Quizás me convierta en doctora.

—¿Y?

—No se supone que piense, pero lo hago. No se supone que sepa lo que sé, ni que estudie lo que estudio y quiera ser alguien. Mi sangre sabe lo que sabe cualquier otra sangre, llevar oxígeno al cuerpo, transportar nutrientes. Combatir infecciones. ¿Para qué quiero saber bailar?

—Para ser más que una doctora. Para ser gente, Micaela.

—Eso es lo que quiero, ser gente. Una persona más.

—No me estás entendiendo.

Acto seguido, Gardel se levantó del taburete de palo en que estábamos sentados en el puesto, tomando café puya.

—Seguime.

Pensé: «¿Qué pretende este tipo?». Pensé: «Los zapatos se me van a llenar de arena». Pensé: «Estoy haciendo el ridículo»; pero de repente dejé de pensar. La brisa se llenó de una crispación extraña.

—El tango no es más que caminar por dentro. Vos sabés leer cuerpos.

Marchamos. De repente, Gardel me pegó junto a sí, haciendo que su pecho tocara mi pecho. Nuestros perfiles casi se tocaron. Empecé a sentir el palpitar de su corazón. Gardel dio un solitario y lento paso, empujando sus piernas contra las mías. Las dirigía más sobre el tiempo que sobre el espacio. Bailamos sobre el tiempo y no sobre la arena; o quizás sobre un reloj de arena, sobre una canción arenosa, qué sé yo. Su paso lento, chorreoso, se metió entre los huecos de mi paso. Luego Gardel dio un giro que me hizo perder el equilibrio, lo que aprovechó para inclinarse sobre mí. Pensé que me iba a besar, pero no: siguió con su cara casi tocando la mía, mirando por encima de mi hombro mientras me inclinaba.

—No me mirés. Perdés si me mirás.

Regresamos a la vertical. Hizo una sacada de pierna, sujetándome fuerte por el torso. Otro giro me hizo volar por el aire, liviana y a la vez intensa, como una flor de mangle con su pistilo duro aguantado por las manos que la tironeaban según su antojo, cerca y lejos según su deseo; lejos y en *crescendo* el deseo. Gardel dobló una rodilla hasta formar un lugar donde me apoyé ligera. Me levantó de nuevo y me sacudió levemente. No hacía falta mirarlo. Mis manos en sus hombros supieron hacia dónde me dirigía, dónde debía poner los pies para que no tropezáramos. La vibración de su cercanía, de su pecho pegado al mío y de nuestros hombros arqueados me hizo saber hacia dónde. Casi oí la melodía que iba sonando al compás de nuestros pasos. ¿Bailar, aquello era bailar? Más bien parecía que caminábamos en cámara lenta. El tiempo se detuvo y el espacio se abrió en aquella playa. No nos movimos mucho, pero recorrimos un mundo entero uno dentro del abrazo del otro.

Sonó un claxon. Don Juan regresaba con las cervezas. Se destensó el abrazo de Gardel.

Después de que los hombres tomaran sus bebidas, nos montamos de nuevo en el carro hacia Mayagüez. Comenzó a caer la tarde. El conductor prendió la radio. Sonaban tangos del Morocho.

—Che, apagá el aparato. Ya estoy harto de oírme cantar.

—Usted sí, pero yo no —le contestó el don—. Lo pongo bajito, para que no moleste. O si no, cánteme usted otra canción.

Gardel le cantó *Yira* a capela desde el asiento de atrás del carro.

Ya estábamos cerca. Los cañaverales de Cambalache empezaron a ceder ante los cerros del pueblo de Mayagüez. Sólo quedaba menos de una hora para que llegásemos al segundo pueblo donde Gardel iría a cantar.

—Es linda esta Isla tuya —me dijo—. Tan linda como vos.

Entonces, finalmente, me besó.

12

Por la puerta grande

Llegamos a Nuestra Señora de la Candelaria de Mayagüez. Nos quedamos en el Hotel Imperio. Esa vez no subí por la trastienda: iba del brazo de Gardel, quien me tomó por la cintura sin darle explicaciones a nadie. El Zorzal habló con los dependientes, se dejó tomar fotos oficiales que luego aparecieron en las secciones de sociales de los periódicos regionales. Para las fotos yo me echaba a un lado y me escondía entre las sombras, pero luego del flashazo Gardel me volvía a abrazar. Hablaba con todos como si estar conmigo fuera la cosa más natural del mundo. Los botones me miraron, los administradores que rompieron turno esperándolo me miraron de reojo también. Y con gula. Gardel era un hombre de mundo que llegaba desde Nueva York, desde Francia, que había filmado películas; era un hombre de mundo y andaba con una «mujer de color» del brazo. Era amigo de Josephine Baker, cantó con ella en el Chez Josephine. Había que estar a la altura de ese hombre que venía a traer su pedacito de mundo a estos recodos olvidados. Ellos debían mirar a la negra de soslayo, sonreírse con ella; andar con una negra imaginaria del brazo ellos también, sentirse iguales al Zorzal, dueños de las circunstancias.

Gardel sonrió, habló con todos.

—Bueno, muchachos, se hace tarde y mañana hay que ensayar y luego tenemos función. Además… —añadió a la escasa concurrencia que lo recibió en el hotel—, ustedes comprenderán.

Y me miró. Todos rieron al unísono. Rieron con él. Yo también reí. Coqueta, juguetona, reí con todos. Me alejé pasillo abajo, tomada del brazo del divo, contoneándome para que me miraran. Luego detuve el contoneo; después me contoneé otra vez. O quizás no fue así. Quizás no estuvo en mis manos contonearme. No estuvo en mí reírme o no reírme de las indirectas de Gardel. No estuvo en mí que los ojos de los demás se posaran sobre mis curvas. Reí con ellos. De cansancio reí. Con estrategia. Me hice cómplice de esa risa porque me abría puertas. Aquella era una manera de entrar. Más fácil que con los exámenes, que de la mano de la ciencia. Más fácil que con el cerebro y con el saber. Allí estaba yo, la Micaela Thorné que una vez fui, entrando por la puerta ancha y siendo recibida por todos los que recibían al ídolo. Dejé que todos pensaran que yo era quien nunca fui. Así cupe por la entrada que me abría el Hotel Imperio al llegar del brazo de Gardel; toda hecha de carne, una que no era yo.

Me contoneé, no me contoneé, me reí, no me reí; al fin llegué a la habitación. Gardel cerró la puerta y encendió una lamparita. Dejó las demás luces apagadas. Me besó. Me dejé besar, a eso iba, a convertirme en la amante de Gardel. El hombre me desnudó a media luz pero permaneció vestido. Me fue llevando hasta la cama. No sentí vergüenza. ¿Pudor, quizás? Nada. Estaba desnuda frente a Gardel. Yo era su presa, su espécimen; el objeto de su afecto. Subió la temperatura, se me espesaron los alientos.

Quise apurar el devoramiento.

—¿Qué esperas? —comenté, desafiante.

Gardel arqueó las cejas divertido y empezó a quitarse la chaqueta, la camisa. Yo me eché sobre la cama de pilares del Hotel Imperio y me aupé sobre los codos para verlo mejor. Miré sus manazas de dedos gordos liberando cada botón, sus brazos musculosos pero con grasa encima. Miré las pecas sobre sus hombros y su pecho lampiño, su vientre acuoso. Miré los escasos pelos de su pecho. A la altura de las costillas, debajo de la tetilla izquierda, posé mis ojos en una cicatriz rugosa.

Aquella cicatriz se fue acercando hacia la cama, hacia mis ojos, fue bajando hasta colocarse frente a mi cara. Me acomodé de mejor forma. De repente, la cicatriz estuvo a la altura de mis pechos. Gardel comenzó a lamerme el cuello. Cerré los ojos.

Cantazo de luz por dentro y sentí su lengua que lamió mi piel. Sus dedos bajaron y me acariciaron entera; vientre, ombligo, caderas. Un apretón, entonces eso. Un abrirme las piernas, un acariciarme los otros labios. Los dedos de Gardel empezaron a moverse entre mis pliegues como si tuvieran cuerdas, a resbalar por mi humedad, por mis jugos. Una sensación como de desmayo y de ardor, de alivio y hambre a la vez hizo que se arqueara mi espalda. Empecé a oler a mar. Gardel siguió acariciando la carne sobre el hueso del pubis, enredando sus dedos en mis pelos ensortijados, calientes. De un tirón metió entonces los dedos dentro de mí. Eran tres. Sentí una punzada aguda. Sus dedos eran una punzada aguda y un dolor. Los retiró. Los miró asombrado. Estaban llenos de sangre.

—¿Sos virgen?

—Era.

Un olor a hierro y a otros minerales impregnó toda la habitación.

Sentí un hilillo de sangre correrme muslo abajo. No me importó. Abracé a Gardel con una fuerza y un empeño que nunca supe que tenía hasta aquella noche. Nunca había sentido esa firmeza antes. Firmeza mía, no de él. Empeño mío, no suyo. Él se puso acuoso, aturdido. Yo lo atraje de nuevo hasta mis labios, los de la boca, y luego los de la entrepierna.

—Micaela, no —susurró.

Entrelacé mis piernas firmes a su espalda y lo sentí cercano, rozándome con la punta de su carne dura justo a la entrada de mi carne.

—Vos sabés lo que tengo. Dejame que me ponga algo. Esperá.

Pero no. Seguí atrayéndolo mientras clavaba mi mirada en la suya. No sé por qué lo hice. No sé qué fuerza me ocupó. Ni un solo pensamiento me detuvo, ninguno de mis conocimientos acerca de erupciones, transmisiones por contacto de sangre. Estaba expuesta, al borde, abocada y no me importó nada ni nadie. No me importé yo.

Finalmente, con una contracción de piernas y de caderas, empujé a Gardel adentro.

—Morocha… —Gardel se vació en un suspiro, entrando.

Aquello fue un ardor primero y un calor como de fragua que iba hirviendo esencias hasta hacerlas evaporar. Brotaban los gemidos, los suspiros. El sudor cubrió nuestros cuerpos. Abrí los ojos y los fijé en el abanico del techo que daba vueltas sobre la cama en que Gardel me hacía su mujer. Me hacía una mujer. O me hacía yo mujer con Gardel encima, ondeando como un mar dulce, de repente encabritado. Los pujos, los suspiros. El ardor. La certeza de una muerte compartida, de un viaje a un lugar al cual se acaba de llegar después de una larga espera. ¿Cuál había sido mi espera, si yo no era más que una muchacha de veinte años nacida en un siglo preñado de promesas? No iba a alcanzarla. Tenía tanta hambre y no iba a alcanzar a servirme de esa promesa, a saciarme al fin, a comer a mis anchas. Un suspiro emanó de la boca del Bardo y me sentí ocupada. Dejé de contemplar las vueltas del abanico del techo del Hotel Imperio y regresé a mi carne, toda hecha murmullos. Los ojos se me llenaron de lágrimas.

—Quiero más, dámelo todo —le murmuré a Gardel en los oídos.

—Para vos —me respondió, pero en el momento exacto se salió de adentro y se vertió sobre mi vientre. Sangre y jugo blanco se empozaron en la hondonada de mi ombligo, se esparcieron por las sábanas. Gardel me dejó vacía de nuevo. Dentro de mi pecho y entre mis piernas, sin embargo, lo sentí palpitar. O algo me palpitaba dentro, como un gorrión, algo vivo con otro corazón que respondía a ritmos más allá de los de la biología. Existía algo más. Eso me depositó adentro Gardel y yo resoné entera contra aquello.

En Mayagüez, Gardel fue un éxito rotundo.

Luego le tocó cantar en el Teatro Atenas de Manatí. Tuvimos que desandar todo el camino desde el oeste hasta la costa norte. Otra vez largas horas de camino. Don Juan nos sirvió de nuevo de chofer. Ramos Cobián lo contrató para la gira entera.

—Aunque yo lo hubiera hecho de gratis, Carlitos. Se lo juro. Mire que la cosa está mala. Mire que es difícil traer comida a la mesa y más cuando uno tiene los hijos que tengo yo. Seis bocas que alimentar, sin contar la de la doña. Todo el mundo abandona la Isla. Todos están buscando para dónde agarrar. Acá los braceros se van por docenas al norte para recoger tomates. Yo no. La Isla quiere que me quede; así sea partiéndome el lomo. Tuve que meterle presión a Cobián para que me pagara algo cercano a lo justo, montar cara de jugador para que no me notara que igual lo hacía de gratis. Pero imagínese usted, perderme yo andareguear la Isla, carreteándolo a usted. Esto no se me va a olvidar nunca, don Carlos, ni a mí ni a mi descendencia; porque yo se los voy a contar. Usted no sabe lo agradecido que estoy por la experiencia.

—Y por la guita también, Juan —le contestó Gardel—. No se ocupe, que yo le digo a Le Pera que le suelte una buena propina de parte mía, hermano. A mí tampoco usted se me va a olvidar.

Otra vez los cañaverales del ingenio Coloso bordearon nuestro camino. Luego el golpe del Atlántico perfiló las costas de Aguadilla. Se sucedieron los acantilados de Quebradillas, los campos de Camuy y luego Manatí.

Por todo el trayecto Gardel y yo conversamos. Su voz se me vaciaba entera en el pecho, pero esta vez era distinto. Esta vez, sin recato alguno, el Bardo interrumpía su cuento y me abrazaba. Me besaba en el asiento trasero del carro sin importarle que lo viera el chofer. Sus secretarios y músicos nos seguían de cerca por todo el camino. A veces se acercaban a nosotros, haciendo carreras de mentira por la carretera. Nos sonaban la bocina. Nos interrumpían los arrumacos, las miradas arrobadas que nos hacían perdernos uno en los ojos del otro.

—Nunca he parloteado tanto de este modo con nadie —me decía Gardel.

—¿Ni con tus amigos? ¿Con Le Pera, con Barbieri? Ellos te han acompañado por todas durante años.

—Y viste, Micaela, los hombres no hablamos así. Nos montamos camote, charlamos de caballos, de minas, de cualquier cosa. Pero como te hablo ahora, no.

—Con alguno habrás tenido más confianza.

Gardel sonrió con nostalgia. Entonces me contó lo de Razzano.

Después de la muerte de Isidoro, ya de regreso al Abasto, el mozo Gardés comenzó a cantar por todas partes: en el Almacén de Calegari, en los barcitos y almacenes del Boca, guitarra al hombro. Quería ser payador; como Gabino, como Arturo de Nava. Mencionó nombres de cantantes que nunca conocí. «Los hay medianos, los hay chicos. Yo era un diosito menor. Pero de lo que cantaba me estaba dando para vivir».

Entonces estalló la guerra. Lo atacó una agitación: justo cuando las cosas empezaban a irle mejor, la primera guerra le tocaba a la puerta.

—¿A vos no te toca batallar allá en tu tierra, Francesito? —le preguntaron los del Abasto—. Hasta acá te pueden mandar a buscar.

Se le acumuló la vida antigua en la cabeza: Isidoro, la Valeriana, los días en la cárcel, sobre todo las noches. Pujos, suspiros, hermanos que querían demasiado. Otra vez las llagas le empezaron a salir por todas partes.

—Yo ya estaba peleando mi guerra, negra. ¿Ir a matar por una tierra que tan sólo veía entre sueños, de la cual recordaba tejados rosas y una *chanson* a retazos? Yo ya no era el Francesito. No era *la poupée*.

Decidió consultarle a su madre a retazos los que podía amarrar a palabras.

—¿Qué hago, *Maman*? No quiero más problemas con la justicia, ni la de aquí ni la de allá ni la de ningún lado. No quiero que me envíen a pelear ahora que estoy de vuelta. Ahora que me empiezan a conocer por esto de la canción.

La vieja lo consultó con Anaïs, que lo consultó con Fortunato. Fortunato lo llevó por callejuelas oscuras, adonde un amigo de un amigo. Aparecieron unos papeles.

—«Nacido en Tacuarembó, Uruguay». Ahora no te arranca nadie de las faldas de tu vieja —bromeó Fortunato al entregárselos.

—Pesadito el Fortunato, siempre lo fue —me comentó Gardel—, pero leal. ¿Como un padre? No lo sé. Me daban ganas de escupirlo y de abrazarlo a la vez; de matarlo y de echármele a llorar en el regazo. Ganas de no verlo nunca más y de llegar bajo su sombra a algún lugar. ¿Así es que los hijos aman a sus padres?

Yo tampoco sabía. Mi padre se había ido hacía tanto tiempo.

Por cantar en el O'Rondeman, en el Progreso, en el Pacará, el dinero se fue acumulando. Se estaba haciendo de un nombre: Carlos Gardés. Tuvo para comer bien. Tuvo para zapatos y trajes nuevos, para que la vieja no trabajara tanto. Tuvo hasta para pagarle un viaje a su *Maman*.

—Vieja, echate un viaje en primera clase para visitar a tu familia, allá en Toulouse.

—No te voy a hacer gastar tanto dinero. Si me pagás pasaje en segunda, sí voy.

Se quedó solo un rato en la casa de su madre. Desde Toulouse, Berta le envió cartas que él leía tomándose un mate amargo, o entre sábanas prestadas. Jamás en casa de la vieja. Después de tanto trabajo, no iba a contaminar aquellos recintos con jetas de mala vida. Tenía que asegurarse de que el mal no tocara su casa.

Pasaron semanas y días. Nadie lo mandó buscar para pelear en la guerra. Gardel se acostumbró a la paz.

Una tarde, un tal Luis Pellicer se apareció por la casita de Jean Jaurès, procurándolo.

—¿Usted es el payador al cual llaman Gardés?

—A sus órdenes.

Empuñó una falsa sonrisa.

—Lo invito a un duelo.

Se alertó. Revisó sus recuerdos. ¿Por culpa de qué feba le estaban invitando a pelear guerras ahora? Pero antes de preguntar, ya Pellicer le estaba aclarando:

—Es un duelo de voces. Usted contra el gran Razzano. ¿Lo conoce, al Oriental?

A Razzano lo había oído mentar en los bares del Boca y en los del Abasto. Sabía que era del otro lado del puerto; que cantaba como los dioses.

—Ese es un payador que canta por ahí. Lo he oído mentar.

—Algunos piensan que usted canta mejor que él, que tiene mejor timbre. Otros pensamos que eso es pura falsedad. Queremos comprobarlo, para que no queden dudas, ¿usted ve?

—Veo.

—Pues si le place, lo invitamos a casa del pianista Gigena, en la calle de la Guardia Vieja; aquí mismo en su barrio. Lo esperamos a las diez de la noche.

—Allí estaré sin falta.

Pellicer se despidió con una leve inclinación de cabeza, se caló el sombrero y partió.

Esperó a que llegara la hora convenida. Luego, Gardés se engalanó con su mejor traje. Fue a defender su honor de payador; eso que había logrado obtener con tanto esfuerzo y tantas pérdidas.

En la casa de Gigena había como treinta personas cuando llegó. Ya Razzano lo esperaba; Gardel fue a saludarlo tan pronto entró a la sala. Luego se acercó Gigena, para hacerle saber al organizador del evento que cumplía su palabra como caballero. Allí estaba el bardo Gardel, listo para pelear por su honor. Ese reto sí lo aceptaba.

Gigena le ofreció algo de tomar. Gardel no quiso enturbiar su garganta, le rechazó el trago. Gigena se sentó al piano, afinó. Pellicer lo saludó brevemente, caminó hasta el piano para dirigirse a los concurrentes.

—Señoras y señores, por ahí corre el rumor de que ha aparecido un mejor cantor que el gran Razzano, nuestro Oriental. Dicen que esa nueva voz se llama Carlitos Gardés, y que deja a nuestro payador mascando polvo. Nosotros aseguramos que no es cierto. Por eso hemos concertado este duelo. El señor Carlos Gardés ha aceptado el reto y ha venido a cantarles a ustedes esta noche para que aclaren dudas. Le deseamos la mejor de las suertes, por su disposición y por sus inútiles esfuerzos.

Hubo risas entre los invitados. Gardel se mantuvo sonriente. «Peores cosas me han dicho en la cara —se dijo—. Esto es parte del espectáculo de la noche. Ese cafirulo no me va a amedrentar».

—Hoy ustedes decidirán cuál es el mejor cantor: Razzano contra Gardés. El maestro Gigena se complace en invitarlos. Sus aplausos decidirán quién gana el duelo. Caballeros, cuando gusten.

Razzano se le acercó. Gardel le extendió de nuevo la mano y se retiró a un rincón, dejándole el centro de la sala al Oriental para que iniciara el duelo. Era su arena y le tocaba empezar. Razzano se mostró cortés, humilde incluso. Estaba bien el Oriental. Con ese no iba a tener que pelear sucio.

Razzano se aflojó una bufanda que llevaba al cuello. Tomó aire. La sala se llenó de las notas de *Entre colores de grana*. El Oriental cantó claro, imponente, con voz de tenor. Gardel lo dejó terminar y se sumó al aplauso de sus fanáticos. Lo hizo por cortesía, me confesó, pero mientras lo medía al pelo. Buen timbre, buena entonación. Sin embargo, su repertorio era flojo. Cantó sin agarre sobre un atardecer cualquiera. Una estampa de campo. Tal vez lo subestimaba. Gardel supo entonces por dónde atacar.

Miró al auditorio, a ver cuántos hombres solos había en la sala de Gigena. Tragó. Entornó los ojos. Bajó profundamente la voz para que arrasara. Afinó su guitarra y se dispuso a cantar *Qué hermoso sueño soñé*. Gardel decidió cantarle al amor perdido, al llanto por la mujer que se escapa, para que supieran todos que de él no esperaran trucos de payador de campo. Él era de la ciudad. Del Abasto. Allá la cosa era distinta, los dolores diferentes, las pérdidas muy duras. Allí vivía gente que se iba para jamás volver, amores que dejaban heridas abiertas por un secreto mal. Esas pérdidas había que cantarlas de verdad, a quemarropa. No bastaba con cantar bonito.

La gente aplaudió, delirante. Razzano se ajustó el chaquetón de paño y carraspeó. Le tocaba su turno. Gardel no sabía lo que sacaría de la manga. Escogió «Por el humo se sabe dónde está el fuego», de la zarzuela *Doña Francisquita*. Con esa canción el Oriental había logrado una ovación de tres minutos en el Teatro Colón. También en el Esmeralda.

Gardel lo escuchó y sonrió de medio ganchete, como si estuviera seguro de su triunfo; por dentro los nervios le hacían repasar el repertorio. *Añoranza, Aunque me duela el alma, Perfume de carnaval, El ventajao.* «No, algo más simple», se dijo. Necesitaba cantar algo sencillo para que la voz le durara la noche entera.

Escogió *La estrella azul* como segunda canción.

Después de aquel número y del estruendo de aplausos, Razzano bajó el registro. Escogió una chacarera. Gardel le siguió con *La Teresita*, de su repertorio habitual. La noche se pobló de vítores. Ambos payadores sudaban la gota gorda. Razzano se ajustaba y se zafaba la bufanda. De vez en cuando tosía. Empezó a mojarse la noche, anunciando rocío. Entonces, el Oriental se acercó al extremo de la sala desde donde Gardel aguardaba su turno.

—Hermano, cantás como un zorzal.

—Es un empate —alguien gritó desde la muchedumbre—. Un empate —se corrió la voz. Todos empezaron a aplaudir. Pellicer intentó aplacar a la multitud, pedir que se cantara una canción extra para decidir el duelo, pero ya el asunto se había dado por concluido.

La decisión del público corría por todas partes.

Gardel y Razzano se enlazaron por la espalda y pidieron dos tragos de *brandy* al mozo de Gigena. Se apartaron a una esquina y se sentaron a conversar.

—A ese y al Negro Ricardo sí los quise como hermanos —me confesó—. De los de ahora, quizás Le Pera, tal vez Barbieri. Pero al Oriental me dio pena dejarlo atrás. Todavía me duele pensar en él.

Por años hicimos un dúo. Viajamos por todo el interior, a Chile, al Uruguay y después a París. Pero tuvo que marcharse. Me dejó con la ausencia abierta. Desde entonces, ¿para qué charlar?

13

El Negro Ricardo

En Manatí nos quedamos en un hotelito cerca de la plaza del pueblo. Ramos Cobián propuso que no regresáramos a San Juan porque después tocaba espectáculo en Arecibo, justo en el pueblo de al lado. Yo pude haber buscado cualquier excusa y partir de regreso a La Doradilla: un carro de línea desde la plaza me hubiera llevado directo a la finca de mi abuela. Ahora que han pasado tantos años me pregunto por qué no se me ocurrió partir. Dejé que pasaran los días. Me olvidé de las clases de enfermería, de los finales, de mis obligaciones en el Negociado. Permití que todo se desvaneciera. Tan sólo quería andar del brazo de Gardel. De noche dormía con él; dejaba que entrara profundo y que se saliera justo a tiempo. O que me besara entera. Nada más importaba.

Que me besara entera. Jamás había oído que eso fuera posible. De las fulanas de Campo Alegre oí cuentos, muchos, y de Mercedes Lazú aún más.

—Por ahí anda un cliente que ofrece peso y medio por quien le dé una buena comida.

—Mercedes, por Dios —la regañaba mi abuela y señalaba con la boca hacia el rincón del cuartito de Campo Alegre donde yo podía estar estudiando.

—Ya va siendo tiempo que esa nieta tuya aprenda de la vida. Se va a quedar jamona. ¿De qué le va servir estudiar tanto si no encuentra varón que la complete?

Me explicaba. Las fulanas le bajaban el pantalón al susodicho, le tocaban el miembro hasta que se le ponía duro y luego chupaban hasta que el cliente se les deslechara en la boca.

—Si agarras fuerte la base y les aprietas firme los saquitos, se vacían más rápido. Colombina, la de los altos de la carnicería de Pacheco, hacía una cosa con los dientes que a mí nunca me salió, pero que garantizaba venida justo a los quince minutos de empezar. Cobraba y que venga el próximo. Ya la pobre, como se quedó mellada, ha perdido clientela.

Los hombres siempre encontraron quien se arrodillara frente a sus piernas y chupara. Pero frente a mí, antes de que cantara en el Teatro Atenas de Manatí, se arrodilló Gardel.

—Vení a que te muestre algo. Lo aprendí por allá en Montmartre —me comentó travieso mientras me subía las faldas.

Nos habíamos recién instalado en el hotelito y corría la noche. Gardel regresaba de un ensayo. Llegaba cargado con una excitación extraña.

—Es el escenario, Micaela. Uno se carga de nervios. No importa las veces que ensayes; los nervios atacan, viste. Si no te cargás de nervios, el espectáculo sale chueco.

Yo lo esperé a que terminara su ensayo en el cuarto de hotel. Por esos días lo único que hacía era dormir, mirar lánguida ventana afuera a la gente que pasaba, matar el tiempo. Él llegó y se me tiró encima. Lo besé, lo acomodé entre mis piernas.

—Dejame mostrarte algo.

Bajó. Me besó el bajo vientre, lo empezó a lamer. Luego sobre los muslos. Yo pensaba que tan sólo acariciaría, o que luego metería sus dedos regordetes y duros hasta adentro. Pero me abrió. Forcejeé de la impresión y me tensé de piernas. Él me volvió a besar justo encima del pubis.

—Dejate hacer.

Se zambulló profundo. El corrientazo era tanto que me cortó el respiro. Al principio mis caderas se echaron para atrás, escapando del contacto de su lengua entre mis labios, encima de mi semilla. Pero después cedí ante aquella caricia que se deslizaba. Succiones y mordiscos me sacaron gritos. Desaparecí. Otra vez, de otra forma, desaparecí. Ahora era en lo más profundo de mi carne. Gardel me aupó de nalgas y metió entero su lengua. Ya no había yo. Yo era todo aquello que Gardel devoraba. Me fui dejando llevar por el ritmo de esas lamidas. Me pasó otra vez aquello, aquel palpitar interno. No me contraje desde adentro, sino que me derramé como un chorro de luz. Hacia arriba y hacia abajo corrían las aguas de una luz que me volvió difusa, amplia. No entendí dónde quedaban mis fronteras. Mientras tanto Gardel comía, me tragaba más.

¿Qué era aquello? ¿Por qué le fue tan fácil a ese hombre consumirme desde adentro y añadirme dimensiones a la vez? ¿Era porque él sabía y yo no? ¿Era porque había viajado por el mundo? ¿Por qué entendía mi hambre? ¿O fue simplemente que me estrenó como hembra? Nunca antes me había dejado tocar por ningún hombre, no por falsas moralidades ni por obedecer pautas sociales, sino porque quería escapar de la trampa. Para llegar adonde quería, cargar con dos, tres barrigas no era opción. Tampoco iba a servir convertirme en sierva de varón, es decir, en esposa. ¿Y qué varón iba a quererme para otra cosa? ¿Qué hombre me amaría lo suficiente para apoyar mi ansia, mi hambre de saber más, de caminar por la calle para medirme contra los demás de tú a tú, completa?

Terminamos. O más bien, Gardel terminó conmigo. Se bañó, se preparó para su espectáculo y partió hacia el teatro.

La noche del Teatro Atenas, Le Pera hizo arreglos para que yo viera cantar al Bardo desde un palco reservado. También me hizo llevar al hotel un vestido en tafeta color vino que el Bardo decidió regalarme. No sé de dónde lo sacó. Lo más probable, del tiempo que nos quedamos en Mayagüez. Por aquellos pueblos perdidos de la costa, un vestido así sólo hubiera salido de las manos de una experta costurera, pero aquel ajuar provenía de una tienda. Me lo trajo al cuarto uno de los secretarios; Plaja, quizás. En paquete conjunto venían para aderezar el atuendo unas medias de seda y una pulsera de dijes de plata. Sonreí de placer cuando vi la pulsera, las medias, el vestido. Me lo probé todo frente al espejo del cuarto. No era yo aquello que se reflejaba en el cristal. El vestido me quedaba bien, quizás un chin demasiado entallado en las caderas. El escote marcaba mis pechos un poco más de lo que hubiera deseado, pero me veía regia. Aquella era otra yo, quizás la que veía Gardel cuando cerraba mis ojos y me dejaba transitar por dentro.

Decidí ir a la función. Gardel me saludó desde el escenario otra vez con el gesto de echar la cabeza hacia atrás y sonreírme. Fui ataviada con su regalo, así que no pude sino sentirme la novia del divo. Me acechaba la sospecha de que era una novia casual, un afecto con fecha de expiración; pero no pude evitar sentir lo que sentía. ¿Era en serio aquella pasión que empezaba a darse entre Gardel y yo, aquella intimidad mezclada con magia? ¿O tan sólo pasaba que Gardel me sentó en aquel palco para que mi presencia mantuviera lejano el mal, como si fuera yo un amuleto?

Durante su primera intervención, el Morocho cantó sin contratiempos. Su voz se mantuvo llena de frescura. Habló con el público, hizo chistes, cunteó. Cuando cantó *Por una cabeza*, el gentío lo acompañó en los coros y él pausó, deleitado en oírse en los ecos de la multitud. La letra de la canción salió de todas partes, de las paredes, del suelo del Teatro Atenas. Todos lamentaron con Gardel esa derrota ceñida que se da justo en el cruce de la meta. Y todos también concluyeron que aun así, sabiendo que la posibilidad de perder es alta, hay que jugárselo todo por eso que alivia la amargura que es vivir.

Función en el Atenas, casa llena. Ya después del acto le anuncié a Plaja que me retiraba al hotel. Gardel llegó tarde en la noche. Se sentó en el borde de la cama y me acarició la espalda hasta despertarme.

—Otra vez siento la garra en el gaznate, Micaela.

Encendí la luz. Le palpé los ganglios. Le noté la cara un tanto hinchada. Era hora de recurrir al corazón de viento.

No hizo falta aplicarle una dosis alta. Gardel me habló mirándome a los ojos, con mi mano entre las suyas; en plena conciencia de que yo estaba allí. Sólo en el brillo de los ojos se notaba que estaba bajo la influencia de la planta.

—...de Chivilcoy a General Pico siguiendo la línea del ferrocarril. Tierra, tierra, la pampa. Un mar de tierra chata, algunos yuyos a lo lejos. Razzano y yo nos metimos profundamente en el interior. La gira fue un rotundo fracaso. Nadie fue a escucharnos cantar. Martino nos acompañaba con la viola; era un tipo simpático, pero algo no acababa de cuajar. Además, no había necesidad. Con tanto payador en los campos, nosotros no contábamos ni como mera curiosidad. Los gauchos no entendían qué hacían dos pitucos de la capital metidos pampa adentro, cantándoles canciones que ellos conocían de memoria porque los abuelos de sus abuelos se las habían enseñado.

»Regresamos con el rabo entre las piernas. Después nos presentamos en el carnaval de Zárate, y luego en San Pedro. Allí nos fue bien, en la ciudad; éramos bichos de ciudad. Triunfamos. Entonces el empresario don Francisco Laurel nos invitó a que cantáramos para unos invitados suyos, escritores españoles: Eduardo Marquina y José Ortega y Munilla se llamaban. Don José venía acompañado de su hijo. Don Francisco los trajo a oírnos cantar en la Confitería Perú. Les dedicamos *En el rosal.* Les cantamos entrerrianos y chacareras. Pero entonces, el hijo de don José Ortega nos pidió que le cantáramos un tango.

»"Ah, la música proscrita", respondió don Francisco.

»"Desde la prohibición del Papa, se nos hace difícil encontrarla en España. Para escucharla hay que frecuentar lugares francamente penosos", comentó el viejo Ortega.

»Razzano y yo nos miramos cómplices. No nos gustó para nada el comentario de "lugares penosos", pero se lo dejamos pasar al gallego. Le contestamos cantando *Mi noche triste*, en lunfardo, aunque se perdieran.

»Cayeron en el embrujo los invitados. Nos oyeron atentos y luego aplaudieron tanto que se les quisieron caer las manos. Después preguntaron: "¿Qué es un bulín?" y "¿Qué encurdelarse?". Les explicamos. Los señores nos llevaron a comer por ahí. Después Razzano y yo les sugerimos seguir la farra en el Armenonville para que vieran la cuna de las noches tangueras. Don Francisco se puso de plácemes con lo bien que tratamos a sus invitados. Nos llamó al otro día por teléfono.

»"Oigan, chicos, ¿qué les parece si se unen a la compañía de Rivera y de Rosas? Necesitan un número musical que rellene en el Esmeralda. Yo les sugerí a ustedes dos".

»"Nosotros encantados, pero tengo que hacerle la pregunta incómoda: ¿de cuánto se trata el contrato?".

»Yo lo azucé a que sí, que aceptara lo que fuera, pero Razzano guardó silencio por un rato. Escuchaba lo que le decían por el auricular.

»"Setenta está bien. Ultimamos detalles luego", dijo y enganchó.

»"Setenta pesos al mes. Está bueno".

»"No, boludo, setenta por noche".

»No lo podía creer. Pero ahora sí que debíamos encontrar a un buen guitarrista que nos acompañara.

»Esa noche nos fuimos al San Martín a ver el *Juan Moreira*. Cachábamos la competencia: Elías Alippi y González Castillo tenían una compañía a todo dar. Nos la ponían fea en el asunto de conseguir chambas en los teatros, siempre los llamaban a ellos primero. Nosotros teníamos que depender de compontes y referidos. El problema no eran las voces, el problema eran las borbonas.

»Andábamos solos Razzano y yo. Bebimos, fumamos, escuchamos al Elías que estaba en tarima tangueando.

»"Che, José... —le dije a Razzano—. ¿Vos le has puesto oídos al moreno?".

»"¿A cuál?".

»"¿A cuál va a ser? Al único que hay allá arriba".

»Al Negro Ricardo le brillaban los ojos y el pelo engominado bajo las gelatinas del escenario. Tan sólo se le distinguían los ojos caídos, tristones bajo el pelo lleno de brillantina. No sonrió nunca mientras tocó; ni siquiera cuando terminó su pieza y le llovieron los aplausos. Ojeras, nariz ancha, labios gruesos siempre sujetando un cigarrillo encendido. Allá al fondo, en los ojos, algo brillaba».

—Mirá... —me dijo Gardel que le hizo notar a Razzano—. Ese no será un concertista... ¡pero hace hablar a la viola!

—¿Arreglamos con él?

—Viejo... Es una carta brava esta del acompañante que nos hace falta, pero a mí me parece que por el lado del Negro rumbiamos bien.

Esperaron a que terminara la sesión. Luego caminaron hacia los camerinos. Se le acercaron al Negro y se presentaron.

—Este es Razzano, yo soy Gardel —le dijo.

—Ya sé quién sos.

—Tocás bien.

—Con sentimiento... —añadió el Oriental.

—Andamos buscando un guitarrista que nos acompañe y que además nos ayude con los arreglos.

—Yo ya tengo compromisos —respondió Ricardo.

—Los compromisos no son eternos. Pueden cambiar, aparecer otros.

—Habrá que ver cuánto convienen.

—Te lo aseguramos. Son para el respunte tuyo, y, claro, para el del conjunto.

No tomó mucho argumento. Razzano y Gardel terminaron por convencer al Negro Ricardo. Lo primero que hicieron fue firmar con la compañía de Rosas y llevárselo a Chile y al Uruguay. Después lo pusieron a grabar. Le pagaron bien. Le dieron destaque. Resultó que no había nadie con mejor oído para inventarse canciones que el nuevo integrante del grupo. Las melodías le salían solas de entre los dedos. Las letras también; como si ya se las supiera de memoria.

—Pero un día pasó algo que nos puso en alerta. Estábamos componiendo una canción.

»"¿Qué título le ponemos, Negro?".

»"*Campanitas*".

»"Perfecto, escribilo —le dijo Razzano—, así la fijamos en caliente".

»"Hacelo vos que tenés letra más linda".

»No era la primera vez que pasaba. Así nos dimos cuenta: el Negro no sabía escribir. Había que tomarle los dictados para saber qué palabras acompañaban la música que hilvanaba entre los dedos. Y él, con cara de matón repetía las palabras. Mientras tanto, echaba el ojo mientras Razzano o yo fijábamos las letras en el papel, como vigilando que no fuéramos a robarle sus palabras de entre las líneas del cuaderno. El resto del tiempo permanecía mudo.

»"Si no fuera por la guitarra no hablarías con nadie", lo moteaba.

»"Che, es que soy tímido".

»"Vos sos un inadaptado social. Si no tocaras tan bien, andarías en la Pesada".

»"O muerto", respondía el Negro y reía, pero cortado; como aguantando detrás de cada carcajada».

Para pulir su repertorio, Gardel y Razzano pidieron a los arreglistas Herschel y Celestino Flores que revisaran las letras de algunas de sus canciones. Fue lo peor que se les ocurrió hacer. El Negro Ricardo lo tomó como ofensa.

—Esas son mis palabras —bramaba.

—No, son las mías —ripostaba el Oriental—, las escribí yo.

—Pero son mis ideas.

Gardel intentó mediar.

—Cele y Herschel no quisieron seguir trabajando con Ricardo. Tuvimos que separarlos. Luego, al grupo le surgió la oportunidad de irse a hacer funciones al interior de Uruguay. Nos fuimos en ferrocarril. En el medio de ese viaje, busqué el momento para hablar con Ricardo. Yo andaba sentado al lado del Oriental, que se quedó dormido con el vaivén de la línea. El Negro fumaba atrás junto a una ventana abierta, solitario. Miraba la noche, aquel mar de tierra y cielo unidos que juntaba pueblito con pueblito, con alguna ciudad. Todo plano. Me escurrí de mi asiento. Caminé por el pasillo del vagón agarrándome de espaldares hasta llegar adonde el Negro. Le ofrecí un cigarrillo. Me lo aceptó.

—A ver cuándo llegamos.

—A ver cuándo.

—Tengo la espalda rota. Dormir junto a Razzano roncándome al oído tampoco ayuda.

El Negro sonrió.

—Además, vos y tus peleítas…

—Yo ataco cuando me atacan.

—Pero últimamente cualquier cosa la tomás como ataque. Es bueno que el Alemán y Cele le echen un ojo a tus canciones. Se lo echan a las mías. Las pulen un poco, las hacen brillar. ¿Por qué no tratás de nuevo con Cele?

—Porque es bolacero y estafador.

—¿Y el Alemán?

—También.

—Son buenos con las palabras. Saben cuadrarlas bonito. Si una no cae, encuentran otras iguales que digan lo mismo, pero mejor.

Gardel se le quedó mirando al Negro, a ver cómo le caía lo que le había aconsejado. El Negro le echó una calada profunda a su cigarrillo; ardió una centellita entre los dedos que luego se llevó el viento. Soltó un humo pesado y lento de sus pulmones.

—Mirá, Carlitos, vos sabés, soy de los puertos.

—Yo también.

—Me crie entre las cajas podridas que descartaban los barcos.

—Igual.

El Negro calló un momento, como queriendo decir algo y no encontrando las palabras.

—A veces no sé cómo lo hice.

—¿Qué?

—Sobrevivir. Laburo desde que comencé a caminar. Y a tocar, desde que hizo falta entretener a los clientes.

Por cómo dijo «clientes», Gardel supo que el Negro se refería a los de su madre.

—¿Y cómo aprendiste a tocar?

—No recuerdo. Siempre supe. Así mismo como sé las letras de las canciones que compongo. Me vienen a la mente, solas, como si ya las hubiera oído.

Gardel y el Negro Ricardo contemplaron por un rato unas luces que aparecieron a lo lejos.

—Si cambiás las palabras, terminás diciendo otra cosa. No da lo mismo una palabra que otra. Las palabras tienen alma, Carlitos. Y el alma del Alemán y la de Cele no son iguales a la mía. Ellos no vivieron lo que yo viví. No es igual.

Llegaron a su destino, un pueblito como tantos otros. Caminaron por sus calles anochecidas. A Gardel le pareció que las había caminado antes, junto al Negro. Quizás en otra vida.

—Así que, Micaela, lo quise ayudar. Empecé a vigilar la ocasión de sentarme a enseñarle al Negro Ricardo a escribir para que pusiera sus propias palabras en el papel aunque confundiera la ortografía, como me pasaba a mí a veces, no importaba. La cosa era que el Negro también tuviera esa opción.

»Aproveché las horas muertas del día antes de subir al escenario. Hacía como que estaba ensayando y le enseñaba letras. "Esta del garabato con cola es la 'a', esta del círculo la 'o'". Aún me da ternura recordarme enseñándole a escribir al Negro.

»Pero una de esas tardes me miró con una furia lenta.

»"Qué macana, Carlitos. Dejá de joder con los garabatos —me dijo—. Yo tengo oídos y memoria. Lo que tenés que hacer es cantar, yo te sigo. Compongo lo que haga falta".

»Luego se echó para atrás y encendió un cigarrillo. El fuego le bailó en los ojos. Supe que la oportunidad se había esfumado. Decidí cambiar el disco para evitar mayores percances. Comencé a recitar: "Tristes como ecos del viento al cruzar por la cañada, / ay, triste del alma mía, / nadie comprende tu queja, / nadie escucha tu armonía". El Negro entonces se agachó para agarrar la viola. Me hizo repetirle los versos. Cerró los ojos, respiró profundamente. De un tiro sacó la armonía de *Triste entrerriano*. No quise enseñarle más al Negro; no fuera a ser que le matara aquella cosa que sí le nacía de adentro, al natural.

»Lo demás fue el *vento*, el viento. Carreras en Palermo, grabaciones con el Nacional-Odeón. Chambeamos por toda la región. Nos presentábamos en el Teatro Esmeralda jueves, viernes y sábado. El domingo me levantaba tarde con el matecito agrio que me preparaba la vieja, luego me iba a las carreras. Ya no tenía que colarme por las vallas como cuando era muchacho: ya era en verdad un hombre. Pude entrar con guita en el bolsillo. A veces ganaba alguito, otras lo perdía todo, pero siempre conseguía más. Me daba pena con los que perdían la comida de sus hijos, los centavos que se ganaban partiéndose el lomo en el Abasto. Como con ese señor que me reconoció del Esmeralda y se me acercó llorando, como si fuera un pariente.

»"Carlitos, lo he perdido todo".

»"Pues tomá —le regalé un fajo de billetes—. Total, a mí me sobra y a ti te hace falta. Además, te hago un favor".

»Lo decía en serio. Le hice el favor, yo, a quien le habían hecho pocos favores en la vida, pero buenos.

»"Agarrate el bolsillo, hermano —me aconsejaba Razzano—. Mirá que falta un trecho gordo por recorrer y vos andás gastando como si fueras millonario".

»Era cierto. La guita se esfumaba como agua. Como espuma, como aire entre los dedos. La guita se iba y había que largarse a currar de nuevo para los gastos a los que ya me andaba acostumbrando, con los que siempre soñé. Los abrazos de Irineo en las carreras. Los budines y los tragos. Inés, la noviecita fresca, sin estrenar. Vestirme como un bacán. Andar con la jeta en alto.

»Pero para que me trataran como al señor Carlos Gardel faltaba un trecho largo, larguísimo. Todavía falta».

—¿Cómo que todavía falta? —le pregunté. Mi abuela me hubiera regañado: nunca se interrumpe a los pacientes en su trance. Hay que dejarlos hablar, que se limpien por dentro. ¿Pero qué sabía mi abuela lo que era Gardel? ¿Qué sabía de nuestras conversaciones en la cama?.

—No es lo mismo, negra —me respondió y entornó los ojos. Se fue profundo en el trance del corazón de viento. Pero volvió.

»Los sábados por la noche, el Armenonville era la cuna del tango, pero también de los ricos. Llegaban a hacer lo que negaban que hacían en sociedad. Querían distraerse junto a los inmigrantes, las minas, los payadores, los expresidiarios que frecuentaban los teatros, pero no demasiado.

Una noche Razzano y Gardel terminaron función en el Empire y salieron a comerse algo. Separaron en el Armenonville una mesa larga para ellos y sus muchachos. Llegó el Negro Ricardo; ya se había unido Barbieri. Ordenaron.

Unos señoritos se sentaron en la mesa de al lado. Empezaron a hablar alto, a burlarse de la comitiva vecina.

—No me sirvan lo que se comió ese —chiflaron.

—Llamen a un doctor, que se está atragantando. Mirá lo morado que se ha puesto.

Ricardo ya estaba viendo rojo. No sólo él. Gardel se levantó. Caminó hasta la mesa de al lado.

—Caballeros, a ver si nos dejan cenar en paz.

—Caballeros somos nosotros —le contestaron—. Vos largate a la porqueriza con tus baturros a terminar la comida entre los cerdos.

Gardel respondió la afrenta con los puños. Los muchachos se abalanzaron desde la otra mesa. Los mozos del Armenonville los sacaron a todos del establecimiento a empujones. Afuera siguió la pelea. Patadas, narices rotas. Gardel andaba por las nubes.

—Una verdadera batalla de esquina con mis muchachos, Micaela; la falta que me hacía todo aquello. Pero la fiesta duró poco. De quién sabe dónde, uno de los pitucos sacó el hierro. Sonó un disparo. Mi sangre completa cantó un sostenido de aire por dentro. Después no supe más. Amanecí en una cama olorosa a alcoholes. Allá una enfermera me atendía, linda la mina. No te cabreés, Micaela. No brillaba como tú.

»Después llegó la vieja llorando.

»"¿Qué pasa si me quedo sin ti? ¿Qué hago yo, qué me haría?".

»"No se preocupe, vieja. Soy yuyo malo. No me voy a morir nunca" —le dijo Gardel para tranquilizarla».

Guardó cama dos semanas en el hospital. Antibióticos por vena. Dos veces al quirófano. No pudieron extraer la bala de donde quedó.

—Al mayorengo del hospital no le canté minga. Le dije que había sido alguien que salió de las sombras para afanarme. Que el gil era alto, bajito, que era moreno, rubio, que cojeaba. Pero lo conozco bien. Lo he visto por ahí pituqueando con sus amigos. Lynch, le dicen. Guevara Lynch. Cualquier día de estos, me cobro lo del plomazo y lo dejo tieso en su catrera. Al fin pongo a ese señoritingo en su lugar.

»Pero a ti, Micaela; en tu catrera quiero quedar tieso cuando se me acaben de vaciar los pulmones. Acercate si querés. Pon el oído en mi pecho. Por ahí anda todavía la bala incrustada. Quizás sea por eso lo de la voz. Por un huequito se escapa todo. O será por el mal también. Esa garra no me va a soltar en lo que me queda de vida. O quizá sí, Micaela. Cuando te volvás doctora, encontrarás la cura e irás a buscarme al fin del mundo, donde esté, ya olvidado por todos. ¿Me lo jurás, Micaela? ¿Me buscarás donde me haya escondido, para curarme del mal? ¿No dejarás que muera podrido en mi propia sangre, ciego, hecho un mar de llagas?

»Sé que lo harás, Micaela. ¿Cuando encontrés la cura del mal, verdad que irás donde esté?».

Aquella noche no le pude responder.

14

Rumbo al sur

Gardel se puso mejor y partimos de Manatí hacia Arecibo. Allí cantó en el Teatro Oliver. Luego nos encaminamos hacia el centro de la Isla. Tomamos parte de la carretera La Piquiña, llena de curvas y recovecos. A todos les sentaron mal los quiebros de carretera, incluido el Morocho, que vomitó hasta la bilis de las tripas.

Tuvo Juan que aparcar en la carretera para que Gardel vomitara. Atrás, Barbieri y Plaja hacían lo mismo. El único intacto era Ramos Cobián.

Yo también me mareé con las curvas de La Piquiña, pero no quedé tan afectada. Al ver el estado de la comitiva, miré el monte y las hierbas al borde del camino: había cohitre por todas partes, miramelindas, helechos. Unos arbustos de frambuesa de campo mostraban sus bayas al lado de un matojo de Juana la Blanca. Si encontraba poleo o hierbabuena o algún árbol de guanábanas cerca, quizás podría ayudar en algo.

Me adentré en la maleza.

—¿Adónde vas, Micaela? —me preguntó Gardel.

—Vengo ahora. Ustedes descansen ahí en lo que regreso.

Me engulló lo verde. Seguí el rumor de un arroyuelo. Era ley inquebrantable, por donde hay agua hay hierbas que curan. También es posible que haya gente. Llegué a una cascada que luego abría a una rada de río. Desde el claro que abría hacia el cielo entre las rocas pude ver un bohío. Allá arriba encontraría lo que buscaba.

Subí a la vera del arroyuelo. Arriba en el monte, en un llanito, una casucha de cartón y pencas albergaba a una niña embarazada y a cuatro hijos que correteaban por el batey. Los muchachos tenían el vientre brotado de lombrices. La muchacha me miró desconfiada desde el balcón de la casita. Yo me acerqué tranquila, saludándola con la mano.

—Buenos días, vecina —le dije—. ¿Por casualidad usted no tendrá por ahí unas ramitas de poleo que me regale?

Mientras esperábamos que la infusión hirviera, le fui contando a la muchacha de nuestra aventura por La Piquiña.

—Por acá no pasa mucha gente, no. Felipe, el padre de las criaturas, a veces se va semanas enteras al pueblo, a emplearse en las fincas. ¿Y usted me dice que anda sola con una trulla de cantantes que se enfermaron por las curvas de la carretera? ¿En un carro anda usted? Yo tengo que ver eso.

Colamos el té y nos encaminamos. La mujer insistió en llevarse a uno de sus hijos. Estela se llamaba, o Esther. Acababa de cumplir los veinticuatro años.

Estela o Esther dejó a la mayor de sus hijas cuidando del bebé chiquito. «Vente, Tomás, vamos a acompañar a la señora». El segundo hijo de la muchacha, que tendría unos diez años, cargó la lata con té caliente de poleo que pusimos a hervir en el anafre de la casa.

El té le asentó el estómago a la comitiva completa. El único que no quiso tomar fue Ramos Cobián. Me miraba hosco cuando me vio salir con la jibarita Esther de dentro de la maleza. Servimos cada porción de la infusión en jícaras y otras latitas que Esther o Estela había traído consigo.

—Mirá, como las bombillas de mate —sonrió Gardel. Estaba pálido, pero no por ello dejaba de ser galante.

Me acerqué a Cobián para servirle una porción del té de hojas. El empresario fumaba solo, apartado del grupo de hombres.

—Yo los mareos me los espanto con un trago de ron o con dramamina. Con hojas de poleo me calmaban los cólicos de bebé.

Entonces me miró hosco. No que fuera una mirada distinta a las que de tanto en tanto yo estaba acostumbrada a recibir. Me miró como lo hacían las muchachas de la Escuela de Medicina, algunos médicos. Me miró como siempre lo hacen los empresarios a las mujeres o a las negras. Pero me tomó fuera de base. Desprotegida. Dolió aquella mirada. ¿Qué me estaba pasando que una simple mirada de desprecio me hería de una forma tan certera?

Fue largo el trayecto desde Arecibo hasta Cayey. Gardel guardó silencio todo el trayecto, manteniendo los ojos cerrados el resto de La Piquiña. No quería volverse a marear. Yo me aparté a la esquina de la ventanilla del carro. Todavía la mirada de Cobián me pesaba en la carne. De repente, me hice más consciente de la presencia del chofer, de la de los demás músicos en el carro de atrás, o en el de al lado. La gira se empezó a hacer larga por las carreteras de la Isla. Tal vez tan sólo estuviese cansada.

Gardel cantó en el Teatro Angélica de Cayey para un gentío de recolectores de café y cortadores de caña. Yo ya no quise asistir a las tres funciones que dio en una sola noche. Me quedé en el hotelito y lo esperé hasta la madrugada.

Después de las funciones del Angélica, Gardel y yo nos tomamos un día libre. Lo oí conversando con Ramos Cobián hasta convencerlo de que la comitiva se adelantara al próximo pueblo. Don Juan nos llevaría hasta Ponce, donde cerraba la gira por la Isla. Después debíamos regresar a la capital.

Nos quedamos en Cayey una tarde entera. Gardel y yo estuvimos haciendo el amor. Su pecho macizo ondeó contra la luz morosa del atardecer en la plaza. Su carne caliente se fue refrescando con la frescura de los pastizales de la montaña. Dos lomas arqueadas eran mis piernas cruzadas contra su espalda. Algo por dentro, algo muy extraño empezó a pedirme que me sujetara bien del Morocho, que no lo dejara salir de allí donde ondeaba dentro de mí. No hubo emisiones. Ni una. «Yo no caigo en esa trampa —murmuró todas las veces al salirse—. Tú tampoco, Micaela, vas a caer por mi causa».

Ya íbamos de camino a Ponce cuando me terminó de narrar la historia del Negro Ricardo. No sé si esa historia preparó el camino para lo que sucedió después.

—Fue por una mina —me contó—. Él decía que no, que era por todo lo que le habíamos escuchado. Por las canciones por las que tomamos crédito. Por los pagos que nos piramos de sus giras, por cómo lo trataba. El mal genio le empezó durante la tercera gira a París. Mirá que fue hinchapelotas el malagradecido del Negro. Catorce años pesan mucho en las costillas para tratar a un amigo así.

Fue Gardel quien quiso que él viajara con la comitiva. «Tocás la escoba como los dioses —le explicó—. Aruñás mejor que nosotros tres juntos. Te necesitamos». Se fueron a la primera gira. Todo les fue relativamente bien, pero ya al segundo viaje comenzaron los problemas. Insistía en que a Riverol, a Barbieri se les trataba de otra manera. Comenzó a buscar peleas, a encerrarse en silencios malsanos.

Entonces estalló la pelea.

—Sos un buzón. ¿En qué cárcel aprendiste el truco, *cafisho*? Por eso tanta mina de pantalla. Ninguna se queda. Dos o tres días y salen rajando. Lo saben mejor que yo. A ti cualquier cosa te entra. Sos un buzón.

Cruzábamos la Isla hacia el sur. El verde de Cayey dio paso a las colinas quemadas de Guayama, de Salinas. Algunos parches de pasto quemado evidenciaban el sol duro que azota al sur; las sequías de Cuaresma que se avecinaban. Gardel fumaba con la ventanilla abajo y dejaba que el aire se llevara las volutas del humo. Yo lo tomé de la mano. Gardel sonrió con tristeza y continuó contando.

El dúo Gardel-Razzano triunfaba en Chile, en Uruguay. Había que buscar nuevos retos. Fue entonces cuando cayó un contrato en Madrid para tocar en el Apolo. Gardel se empeñó en que viajara el grupo entero. Su vieja andaba de nuevo en Toulouse, visitando familia. Gardel iba a España por primera vez; después de Chile, de Uruguay. Después de tanto campo, al fin iba a cruzar de nuevo el mar.

Fueron a comprar los pasajes hacia Madrid en el transatlántico *Antonio Delfino*. Razzano y Gardel sacaron cuatro boletos en segunda clase. El Negro Ricardo viajó con un boleto igual a los de los demás. Gardel insistió en el detalle.

—Aunque nos miraran raro en los camarotes del transatlántico. Aunque nos pusieran peros a la hora de sentarnos al comedor. El Negro era uno de nosotros; otro hermano. Al que no le gustara, que mirara a otro lado.

Pero entonces Razzano se puso extraño. Fue criando mala saña contra Ricardo. Así, sin más.

—Dejalo en el camarote al Negro, así comemos tranquilos. No nos relojean tanto —me contó Gardel que Razzano puso peros la primera noche que quisieron bajar al comedor.

»Dejalo al Negro, así no asusta a las minas —zafó la segunda noche, como de broma».

El Negro no dijo nada. Permaneció mudo, montuno. Pero no se quedaba en el camarote, como pedía Razzano. Acompañaba a los muchachos. Así desafiaba al Oriental.

—¿Qué te pasa con el Negro? —me contó Gardel que una noche le preguntó a Razzano.

—¿Me pasa algo?

—No te hagás el loco. Y más te vale que no te pases de listo. Vas criando una mala leche que cualquier día te explota en la cara.

Llegaron a Cádiz y de ahí en tren a Madrid. El dúo Gardel-Razzano cantó en el Apolo. La gente se volvió loca con sus trajes de gauchos. Se volvió loca con sus canciones. Enloqueció con el tango. El Apolo vendió todas las taquillas de todas las funciones. Casa llena, ovaciones, aplausos de media hora. Luego les cayó un contrato en el Prince. La noche de estreno en el Prince comenzó la hecatombe. La culpa fue del Oriental.

Tocaron unas canciones. Todo marchaba bien hasta que a Razzano le dio por anunciar los últimos dos números.

—Ahora, de nuestra inspiración, *Con los ojos del alma* —anunció sin aclarar que esa canción era del Negro Ricardo.

»Para ustedes, de nuestra pluma, *Mi caballo y mi mujer* —voceó más tarde, me contó Gardel».

—Esa también era del Negro. Yo sabía que aquello iba a traer problemas.

En el camerino, al final de la función, Gardel le advirtió a Razzano que no andara diciendo que las canciones del Negro eran de ellos.

—Pero si en los discos dice clarito que son de él.

—No es lo mismo.

Con un gesto de la mano, Razzano rezongó.

—Bobadas…

La última noche en el Prince les tocó cambiarse de vestuario; quitarse las botas y los arreos de plata para vestir de esmoquin. Iban a cantar tangos. El Negro había compuesto varios nuevos. Aún no estaban bien ensayados, pero hacía rato que el grupo los quería estrenar.

—¿Por qué no nos vamos con *Perdonala?* Con esa terminamos —sugirió Barbieri.

Razzano intervino.

—Yo insisto en que nos vayamos a la segura. Cantemos un tango de los viejos. ¿Para qué arriesgarnos con canciones de un desconocido?

Más de cincuenta y dos canciones grabadas, años acompañándolos por todas partes y Razzano lo llamó desconocido.

Desde el fondo del camerino, la voz del Negro se dejó oír.

—No te lanzás porque ya no tenés voz.

—¿Qué dijiste, Negro?

—Ya me oíste, Oriental. Para mis tangos hay que tener pulmones y los tuyos ya están pasados. Dejá que el Morocho pruebe. Que los cante solo.

Razzano lo midió de limbo a limbo. Aquellos ojos echaron fuego. Un odio rufián se empozó entre los dos. Desde esa noche hubo guerra declarada entre el Negro y el Oriental.

Barbieri intervino, intervino Rial. Gardel se quedó callado.

—No podía alinearme con ningún bando —me explicó.

Según me contó Gardel, aquella noche en el Prince fue de éxito total con los tangos del Negro. Lograron aplausos, elogios de la crítica. El teatro se quería caer. Les alargaron el contrato por cuatro noches más. Cada noche cerraron con un tango del Negro Ricardo.

—Cerramos es mucho decir; yo solo cerraba. Así empezó mi carrera de solista. Yo solo le metía pecho a los números nuevos del Negro. Razzano dejó de acompañarme.

El Oriental se fue quedando en los cuartos. Ya no salía a romper noche con los muchachos del grupo, como al principio de la gira. Cuando regresaba de madrugada de recorrer las calles de Madrid, Gardel lo oía toser, ahogarse en su propio aire. El desespero de las toses le llenó a Razzano la cara de arrugas. Le salieron bolsas debajo de los ojos. Razzano envejeció de cantazo. Todos empezaron a darse cuenta de lo que decía el Negro. Razzano había perdido su voz, eso que palpita por dentro y que hace tronar con fuerza.

Fue durante una madrugada en la *suite* del hotel. El sol clareaba. Abajo barrían las calles. Gardel tocó suavecito la puerta del cuarto de Razzano porque escuchó ruidos adentro. Oyó la tos. Se asomó al cuarto y encontró al Oriental despierto, como sobreviviendo a un naufragio. Razzano bajó la cabeza y le habló con una voz ronca, rota.

—Siento algo aruñándome la garganta, Carlitos, como una garra en el gaznate que no me deja respirar.

—Serán los vientos secos de Madrid —le respondió a su amigo para confortarlo.

—Serán.

Gardel le echó el brazo por los hombros a Razzano. De inmediato se puso triste, nervioso. Le dieron ganas de fumar, pero no encendió; no fuera a empeorarle la condición. Se pusieron juntos a mirar los edificios de la Gran Vía. Las calles fueron llenándose de gente.

—Mejor me regreso a la tierra. Allá me van a tratar. De seguro me repongo en un santiamén. Pero ahora no puedo seguir con ustedes. Soy peso muerto, Carlitos, los estoy arrastrando conmigo y eso no está bien.

—¿No habrá acá un doctor que te vea?

—¿Y mientras tanto qué? En lo que me repongo, ¿qué hago? ¿Mirarte salir al escenario a cantar solo las canciones de los dos? ¿Ver al Negro sentenciándome las horas que me quedan? Mejor arranco. Aprovecho para descansar. Si no paro ahora, voy a acabar de quemarme.

La ciudad se llenó de ruidos. Pasó un tranvía lleno de oficinistas, de vendedores de camino a sus lugares de trabajo. Pasaron señoras con sus bolsas del mercado. Razzano y Gardel permanecieron detenidos en el balcón de su *suite*, mirando la calle. No quiso continuar aquella conversación. No quiso llegar hasta el final.

De repente, Razzano encontró aire para argumentar.

—¿Qué tal si hacemos esto? Yo me regreso. Desde Buenos Aires te manejo. Consigo funciones, hablo con empresarios. Son muchos años en el laburo y conozco a todo el mundo.

Gardel lo abrazó fuerte y asintió.

—Te la podés bancar solo, Carlitos. Eres un fenómeno. Siempre lo fuiste. Te va a ir bien. A mí me toca rajar.

A los dos días, Gardel llevó a Razzano a la estación. El Oriental montó en el tren y partió. Pañuelo blanco contra el gris de los vagones, después humo y rumor. Se quedaron en Madrid Barbieri, el Negro Ricardo y el Morocho del Abasto. Gardel anduvo intranquilo por días, como con otro en el cuerpo. «La voz, que no me fuera a pasar lo de Razzano», me confesó que pensó todo aquel tiempo.

Barbieri le quitó la obsesión que lo carcomía por dentro.

—Morocho, ¿tu vieja no está por estos lares?

—Anda por su pueblo.

—¿Y si la visitamos?

El grupo partió a Toulouse. Fueron y se aburrieron como sapos. La madre, los viñedos, el tío, las burras. Los niños perseguían al Negro Ricardo como si fuera un rey mago. Le pedían regalos, le pasaban los dedos por la cara, a ver si manchaba. Al principio se rieron todos. Después se les hizo viejo el chiste.

—Vámonos a París —se le ocurrió a alguien.

Tomaron otro tren. Los campos estaban cuadriculados de cultivos. Sobre algunos se levantaban manzanos, durazneros, perales. La gente arañaba la tierra, sacándole alimento. Le echaban abono para obligarla a parir. Recogían el heno, acarreaban los frutos, cortaban leña. Y volvían a intentar. De vez en cuando, un pueblito con su iglesia aparecía y desaparecía. Iglesias toscas, hechas de piedra. Casas de paredes blancas, con vigas de madera dibujando un triángulo en el ático. Edificios bajos de ladrillos rosas. Alguna corriente los regaba cerca, algún riachuelo hacía susurrar el agua contra las piedras. *Chiffon, font, font.* Algunos niños se bañaban en sus aguas mientras las lavanderas hacían saltar telas en el viento. Igual que aquí; más pobres aún que aquí.

Desde el tren vieron a toda esa gente perdida en los campos. Poco a poco se fueron apiñando. También se apiñaban sus casas, de ladrillos rosados y techos cada vez más bajos. A lo largo de las vías, algo gris e interminable comenzó a flotar entre la bruma.

Era París, el mito. París después de la guerra. París, el centro del mundo, la capital del estilo, el lugar del cual todo partía como un rayo para iluminar a los mortales. Aquello era el centro del mundo. Habían llegado.

El tren atracó en la estación Saint Lazare. Bajaron del vagón, salieron de la estación y se encontraron con que estaban de nuevo en el Abasto: un Abasto gigante. Un remolino de gente caminaba a toda prisa. Abrigos, tacones, pieles. Campesinos que acarreaban sus cajas, perdidos. Nadie se detenía a ayudarlos. Ellos tampoco los ayudaron.

Salieron a la calle, tomaron un taxi que los llevó a Montmartre. En el taxi, anduvieron asomados a las ventanillas. Luces, *boîtes*, minas perfumadas de ojos grandes los miraban como queriendo tirar ahí mismo. Doblaron hacia el Barrio Latino. Vieron a un par de *chansonniers* cantando en las aceras.

—Runfleros de estilo, se paseaban entre la gente buscando qué hacer. Igualito que en casa. Mejor. Mezclado con todo. Aquello era la vida. Decidimos quedarnos un rato.

Encontraron un hotelillo donde poder quedarse algunos días con el dinero que ganaron tocando en el Prince. Hicieron vida de turistas. Barbieri, Riverol, el Negro y Gardel se sacaron fotos jugando en lo alto de la Torre Eiffel. En el Campo de Marte. Al lado de un organillero. Intentaron encontrar dónde cantar, por aquello de apuntarse la experiencia de haber hecho función en París antes de regresar al Abasto. Pero para eso, París se les cerró como piedra. No encontraron cómo abrir puertas. No lograron ni una entrevista de radio, ni una oportunidad de cantar una cancioncita en una barra de esquina.

Pero gozaron de lo lindo.

El Negro fue un éxito. Las francesas le brincaban encima a él más que a nadie. Más que a Gardel. Las chicas lo perseguían fascinadas por su piel y por sus ojos entrecerrados, por su pelo cortado al rape, engominado a fuerza de una crema apestosa que se untaba en la cabeza y que lo quemaba. «Al Negro no le importaba que después anduviera despellejándose, con llagas sangrantes detrás de las orejas, igual se la ponía —me contó Gardel—. No salía a la calle sin su pelo engominado. "Esto es lo que las mata", me decía».

Las francesas le hablaban en inglés primero, creyendo que era soldado. Que cantaba *jazz*. Él les respondía en criollo. Entonces ellas cambiaban al galo. Le decían cosas al oído. El Negro le preguntaba a Gardel:

—*Mon chouette*, Carlitos, ¿qué significa *mon chouette*? ¿Qué significa *tu m'as volé le coeur*?

Gardel intentó ponerlo sobre aviso.

—No les creas a esos asuntos, cuando te dicen que te quieren.

Pero el Negro no le prestó atención.

—Hermano, este es mi lugar en el mundo —recordó que le dijo una tarde. Se le veía liviano. Ya no se le encendían los ojos rojos de la rabia.

El tiempo se esfumó. Hubo que regresar. En el transatlántico *Giulio Cesare* viajaron de nuevo a Buenos Aires.

—Había que buscar cómo volver —me dijo que pensó en cuanto pisó el Abasto—. Había que conquistar esa ciudad, como si fuera una mina avispada. —Se lo propuso como meta.

De regreso a la tierra, los atacó la prensa. No podían dejar de hablar de París, de preguntar. Razzano les aconsejó a todos que contestaran lo mismo: que habían grabado algunos temas. Que cantaron en algún lugar.

—Había que largar la macana para quedar bien con la prensa, pero aquello fue puro cuento. París siguió apareciéndoseme entre sueños. Me llamaba.

Al año siguiente volvieron a tratar. Gardel le pidió a Razzano que tratara de conseguirles alguna chamba de función en el Florida, o donde fuera en el Barrio Latino. No cayó nada.

—Yo seguía empeñado en París. Lo hablé con los muchachos. Sólo el Negro se entusiasmó con la idea.

—Yo cobro según toquemos, Morocho. Por mí no te ocupés —le dijo.

Organizaron el viaje de vuelta tan sólo Gardel y el Negro Ricardo; los dos juntos.

Para costear París, tuvieron que presentarse por España. Primero tocaron en Barcelona, y después en El Garrón. Arrasaron. Se llenaron los bolsillos. Luego llegaron a París por segunda vez. Lograron grabar un tango con Odeon. Después, nada.

—Esa segunda vuelta contra París también la perdimos. Pero yo no me iba a dejar vencer. Al rato volví. Esa vez se nos juntaron Rial y Barbieri. Nos contrataron para cantar en El Garrón.

—¿Puedo traer a mi hermano? —le preguntó el Negro Ricardo una vez que empezaron a tocar fijo en El Garrón.

—Acá todos somos hermanos —le contestó Gardel.

—Sí, Negro —hicieron coro Barbieri y Rial. Le echaron el brazo.

Ricardo se trincó bajo el abrazo de Barbieri y de Rial como si aquel tacto le quemara la carne. Pero rio. El Negro rio aquel día y no habló más de traerse familia a tocar. Comenzó a pedir más dinero por sus presentaciones. «Debo vigilar cómo salgo al escenario. Estamos en París», pensó. Comenzó a llegar a las funciones vestido con camisas de algodón egipcio, trajes de paño inglés, zapatos de charol. Gastaba un dineral en llevar a sus chicas a restaurantes finos, les compraba medias de seda. Empezó a llegar tarde a los ensayos. O a no llegar. Montó casa con una mujer de la *rue* Clicquot. Allá había que ir a buscarlo. Rial le montó pelea un día en El Garrón.

—¿Pero qué te pasa, Negro?

—¿Quién te está poniendo en contra nuestra, hermano? —añadió Gardel—. La culpa la tiene esa feba que te está llenando la cabeza de ideas.

Y se le acercó, intentando abrazarlo. El Negro brincó como un resorte y le contestó.

—Yo tengo hermanos —dijo—. Y ninguno se parece a ti, *cafisho*.

Gardel se tensó por dentro como si le hubieran apretado todas las cuerdas.

—¿*Cafisho*, yo? ¿Después de todas las minas que me has visto amarrar?

—Son para el tape, Morocho. Con ninguna te quedás.

Entonces explotó la mierda.

—Te juro que me puse rojo de sangre. Hecho un bestia, Micaela. Nos gritamos hasta quedar roncos. Catorce años se hicieron nada en un instante.

»Despaché al Negro Ricardo después de que nos cansamos de insultarnos. Al día siguiente le puse un telegrama a Razzano. "Enviame a alguien que toque como el Negro. Si no encontrás a nadie, enviame a Riverol".

»Riverol llegó.

»Después le perdí la pista. A los meses, me enteré de que el Negro se trajo a su hermano Rafael, se juntó con otro guitarrista, un tal Duarte; empezó a encontrar chambas con payadores, con cantantes de poca monta. No sé por qué calle de Montmartre andará el desgraciado.

»Ojalá no esté muerto. Aquel negro hacía cantar a la viola como nadie».

El aire se llenó de pajillas negras y del olor peculiar del melao de caña cuando se quema. La gran chimenea de la Central Mercedita se dibujó en el cielo claro del sur; cielo sin una mancha más allá de la nube gris que pintaba el humo del ingenio. Yo me empecé a marear. El trayecto había sido largo. Cuatro horas de viaje en carro hasta Ponce. Además, aquel olor fermentado terminó por revolverme el estómago.

—¿Ahora sos vos la que te enfermás, Micaela? No, querida; yo no canto sin mi amuleto de la buena suerte —bromeó Gardel—. Si me enseñás, te cuelo el mate de hojas que nos alivió el otro día. Dejate querer un poco, Micaela. Mirá que pronto se acaba esta yira. Dejate cuidar. Así me recordarás con cariño cuando ya me haya ido. El viento se va, mi negra; desde siempre supiste que yo me iría con él.

15

Perlas

Después de Cayey, Gardel cantó en el Teatro Perla de Ponce tres noches corridas. Nos quedamos en el Hotel Meliá. Fui tan sólo a una de las funciones; las otras lo esperé en el hotel. Si había juerga con gente de sociedad después del teatro, yo permanecía en el hotel. Si la juerga era en San Antón, o en el Barrio La Joya, los secretarios del Zorzal venían a buscarme. Me llevaban hasta donde Gardel me esperaba rodeado de braceros, de albañiles, sus hermanos.

Pero algo más fue pasando en esos días. Algo que lo cambió todo; que presagió el final.

Una tarde, ya no recuerdo cuál, le pedí a uno de los dos José secretarios que me trajeran algo con qué distraerme. Uno me trajo el periódico. Otro me trajo unas novelitas de vaqueros de a cinco centavos. También un libro viejo, amarillento, cuyas hojas se deshacían de tan sólo tocarlas.

—Este me lo incluyó el del puesto. Lo estaban regalando. Está lleno de dibujos de plantas. Pensé que te gustaría.

Me sumergí entre aquellas páginas. Era el libro de André Pierre Ledru, el naturalista de Chantenay, quien tuvo la mala suerte de ordenarse cura justo al principio de la Revolución Francesa. Buscaba el silencio del monasterio y la vida simple (y subvencionada por la Iglesia católica) para la persecución del saber. Pero el mundo cambió de repente. En 1793, la constitución decretó ilegal la práctica de toda religión. Ledru tuvo que abandonar sus votos, regresar a su casa familiar y de ahí partir hacia París a buscar fortuna. La suerte lo premió, pírricamente: pudo embarcarse en una expedición bajo el mando del capitán Baudin hacia las Islas Canarias y las Antillas. Era uno de los seis botánicos de la expedición.

El plan era sencillo. Ledru partió hacia las Canarias, recogió muestras que enviaría al Musée de l'Homme en París. Publicaría informes y libros sobre sus estudios. Pero un fuerte vendaval hizo que el barco se detuviera en Tenerife más del tiempo acordado.

Allí tomó muestras, clasificó plantas siguiendo el sistema de Linneo. Un marqués de la isla se le acercó para comisionarlo a un viaje por las tierras bajo posesión española. Se escribieron cartas, pero la expedición nunca se concretó. Ledru prosiguió su viaje con Baudin para las Antillas.

Cuando llegó a Trinidad, se enteró de que las islas de Santa Cruz y Santo Tomás habían cambiado de dueño. Ya no eran colonias francesas. Ahora las tenían los daneses. Pasó arduos trabajos para que los nuevos colonos le emitieran permisos. Después de varios compontes, Ledru obtuvo accesos restringidos para explorar las costas de Santo Tomás. Coleccionó algunas muestras y logró enviarlas en un barco oficial que devolvía colonos franceses de las Antillas a la metrópolis. Algunas de aquellas muestras llegaron en tan mal estado que hubo que tirarlas al mar. Otras sobrevivieron. Las mandaron al museo de la ciudad de Le Mans.

En Santo Tomás, unos pescadores le hablaron de otra isla cercana, en la cual el gobierno español le había otorgado asiento a una colonia de corsarios franceses. La isla de Cabras quedaba en la costa oeste de la bahía de San Juan de Puerto Rico. Nunca había oído nombrar aquella isla. La ubicó en el mapa. Angustiado por el pobre avance de sus trabajos, junto con los otros botánicos logró convencer a Baudin de que partieran para la isla y se asentaran en aquella tierra de nadie. Llegaron de noche. Tiraron una barcaza al agua. Se encontraron con que la población francesa estaba asentada justo al lado de una colonia de leprosos; habían pactado con el gobierno español prestar servicios de apoyo en la defensa de la bahía azotada por ataques de la Armada inglesa y de piratas holandeses.

El jefe de la comarca francesa estaba amancebado con varias negras lavanderas. Una de ellas tenía un primo que le rentó un burro a Ledru y le sirvió de guía. Partieron hacia las costas que Ledru identificó como Vacía Talega y Loíza. Allí el botánico recogió muestras de helechos, de plantas nativas como el cundiamor, la uva playera, el bejuco de luna, la dama de noche. Vi los dibujos, leí las descripciones de hojas y de tallos. Ledru encontró una planta que describió como de un verde casi azul a la que en tiempo de lluvia le crecía un pelillo en la superficie. Los nativos la usaban para reparar tejidos, para detener hemorragias e inflamaciones. También la usaban para potenciar curaciones de membranas internas. Se sabía que en algunos casos detenía menstruaciones en algunas mujeres. Era una planta rastrera que crecía alrededor de arbustos y árboles a las orillas de los ríos.

«Corazón de viento», pensé.

Seguí leyendo las páginas silenciosas y quebradizas que recogían los cuentos de Ledru. Tarde tras tarde, hasta que llegaba la noche, me sumergí en aquellas crónicas. Llegaba el Zorzal y me arrebataba el libro de las manos. Sonreía con aquella sonrisa suya que hacía que el mundo se detuviera. Que me detuviera yo.

—Vestite, negra, que nos vamos a tanguear —me decía. Y me llevaba con sus hermanos a algún bar de los muelles del barrio San Antón, o Bélgica o Playita, donde lo esperaba su fanaticada improvisada y yo podía perderme entre la concurrencia sin llamar la atención.

O llegaba medio borracho y me decía:

—Mirá lo que te traje de regalo.

Desenvolvía un par de medias de seda con ligas que yo me medía al instante y que él luego me quitaba hambriento, metido en mi carne hasta el amanecer. Luego regresaba a su mundo, con sus «hermanos», sus fanáticos, en sus teatros. Yo volvía a mi libro amarillento.

¿Por qué leí? ¿Por qué no pude convencerme de ser carne y nada más; la amante de Gardel, con lugar en su cama grande? Había logrado ser algo más que la nieta de Mano Santa, la protegida de la doctora Martha, la estudiante aplicada, silenciosa, que se afanaba por conseguir una beca en la Escuela de Medicina Tropical. Todos aquellos eran caminos inciertos. En aquellas camas de hotel en pueblos salitrosos lo tenía todo. Comida de lujo, medias de seda, atenciones. Lo único que tenía que hacer era vigilarle las ronqueras al cantante más famoso de mis tiempos. Pero, aun al escape y poniéndoles trabas, me volvían a llamar los libros. Me volvían a seducir las páginas silenciosas que me anunciaban la existencia de aventuras distintas a la mía. ¿Por qué mis rumbos tuvieron que ser propios? ¿Por qué elegí caminarlos desasida?

¿Acaso solitaria y sin afectos es la única manera de terminar estos largos viajes?

Esos días que pasé en el Meliá esperando a Gardel devoré las crónicas de André Ledru de tapa a tapa. No dejaba de pensar en la descripción de aquella planta de pelusa azul. La planta que mi abuela dijo que Mercuriana de los Llanos Yabó trajo desde las costas de Cartagena, que los indios zenúes le enseñaron en secreto cómo usar. Ella era guardiana de la planta. Pero Ledru argumentaba que el secreto era conocido por todos. Lo que ella consideraba un secreto estaba al alcance de la ciencia. Lo que no quería revelarle a la doctora yacía allí evidenciado, en las amarillentas páginas de la crónica de un botánico de Chantenay a quien todos habían olvidado.

Quizás hasta existiera una muestra de corazón de viento en el museo de Le Mans.

Gardel viajó por mi carne y yo viajé por aquellas páginas, descubriendo mundos mientras era descubierta. ¿Encubierta? ¿Algún día me miró Gardel? ¿Me vio de veras? ¿Alguna vez lo vi de veras a él? Yo no. Nunca lo vi. Hasta ahora, en esta finca de La Doradilla donde vengo a morir.

Ahora lo veo corriendo perdido, equivocándose con el nombre de las cosas. Equivocando el nombre de sus recuerdos. Lo veo en estos pueblos, buscando algo que se le había perdido, topándose con mi abuela y con la cura, para entonces desaparecer. Necesitaba una guía. ¿Yo fui su guía? Aplaqué su sed, lo ayudé a completar su empresa. Pero no a regresar. Permanecí perdida en mi propio viaje. Uno en el cual él no pudo participar.

16

Joinville

Ya se había ido el Negro Ricardo y llegado Riverol. Aún el grupo estaba instalado en Montmartre y la colonia de tangueros seguía creciendo. En el cabaret El Garrón, el bandoneón de Manuel Pizarro tocaba lo mismo que se tocaba en el Boca. Bianco, Bachicha, Melfi. El tango rebotaba contra el viento parisino que se colaba entre las paredes del bistró Le Coq Hardi, por la *rue* Fontaine y el Moulin de la Galette.

Pero El Garrón era territorio de *Madame* Liggett. La *Madame* era esmirriada pero rica. Usaba muchas joyas, en el cuello, en las muñecas, me contó Gardel. Andaba siempre rodeada de ricos franceses que hacían lo que hacen los ricos por todas partes. Beber. Entretenerse con los pobres. Darse la buena vida y después regresar a sus casonas a descansar de *la tournée* por los barrios bajos.

La deslumbraron el chaleco bordado y las espuelas de plata de Gardel.

—Pilchas de gaucho de escenario; pero ella ni cuenta se dio. Se creyó la macana y cayó. Pidió hablarme en el intermedio. Yo la recibí, ella toda enjoyada. *Enchanté* y le besé la mano. Ella se me acercó a decirme cualquier bobada mientras me tocaba el cinto y la hebilla labrada. Eran de esqueleto sus manos, pálidas y huesudas. *Madame* Liggett. Pálida y huesuda toda ella, pero llena de joyas. Me dijo que le recordaba al Hijo del sheik, a Valentino, a quien también conoció. Pero que le parecía que yo era mejor porque tenía tremenda voz y me susurró quedito: «*Vous chantez comme des oiseaux*». Batió pestañas. ¿Qué tiene que ver un turbante y unas bombachas de bisutería con una chanchera y un chiripá? El *sheik* de Valentino, el gaucho impostado mío. Para *Madame* Liggett éramos lo mismo.

Madame Liggett frecuentó *la boîte* El Garrón más a menudo. Cada noche le pedía canciones especiales a Gardel. El Morocho aprovechó para mostrar lo amplio de su repertorio en el escenario. Le cantaba con timbre en criollo, aunque no entendiera. Para que no entendiera. Jugaba el juego con tiento, pero le apostaba al chungo de la carrera; el que *Madame* Liggett quería montar.

Madame le enviaba botellas de champaña. Gardel le echaba ojos, le sonreía galán. *Madame* comenzó a llevar a sus amigos a El Garrón. Desfilaron de su mano el primer accionista del Joinville Paramount; el dueño del Femina, Maurice Chevalier, y la heredera del imperio Chesterfield, una inglesa gigantesca que siempre andaba dándose la vuelta por París. «*Vous devez écouter ce chanteur de l'Argentine. Il est la sensation*», les decía arrobada, tocándose los collares de diamantes, mordisqueando con su boca pintada la boquilla de oro para sus cigarrillos, que Gardel encendía uno tras otro. En el dedo meñique llevaba un *chevalier*. Humo, pieles, manos huesudas.

—Enseguida chispié negocio. Reculeaba tranquilo. Después, volvía al ruedo, sonriendo, prendido de ella. Encendía sus puchos, le sonreía, pero mirando siempre sobre su hombro. Que ella notara que andaba al escape, para que se aferrara más a mí.

—Dejá de perder el tiempo con esa vieja —gruñía Rial—. El tiempo pasa y no le entramos a esta ciudad.

—Descuida, hermano. Sé a la yegua a la que apuesto.

—La cosa no iba a ser tan fácil en París. No iba a ser de un día para otro; como en Madrid, coser y cantar. Llegar y cosechar aplausos, contratos para grabar. Ni como en Barcelona, allá hablamos todos lo mismo, las canciones son la misma canción. París era otra cosa. Había que acercarse de a poquito. Vestirse de gaucho, como si uno fuera de feria ambulante. Dejar que los chutes se acercasen, quietecito vos. Posar para las fotos, centellazos en el aire y uno dejándose cazar. Ir llevándolos poco a poco al abrevadero.

»Yo sabía que había que laburar a aquel budín.

»Le acepté los trajes, los favores, el *chevalier* que me regaló. Dejé que se creyera que yo era otra de sus joyas. Manso. Le susurré palabras al oído. Le dediqué canciones. Me le metí entre los huesos. Entonces, dominé a la matunga.

»*Madame* Liggett cayó. Me fue presentando a los abridores de puertas. Yo sonreí, me saqué más fotos, junto a un burro de papel, posando sobre un poncho mexicano. ¿Qué tenía que ver un poncho mexicano conmigo? Pero manso. *Madame* Liggett me llevó a todas las fiestas. Allí canté, vestido de frac en *société*. Ofrecieron un té a mi nombre. Amenicé a sus amigos. Saludé, jugué el papel.

»Esperé por la ocasión. La oportunidad precisa.

»Un huracán azotó la Martinica. ¿Dónde quedaba aquella isla? La tuve que buscar en el mapa. Unos cuantos seres devastados quedaban sin techo sobre sus cabezas. Quedaban oscuros y más pobres que de costumbre. Pensé en el Negro Ricardo y lo extrañé. Si no hubiera sido tan bisagra, estaría ahora conmigo viendo la oportunidad de abrirse para nosotros.

»El Femina organizó un concierto de caridad.

» *"Je voudrais chanter pour ces pauvres gens* —le dije al dueño—. *Je donnerai ma voix, mes chansons".*

»De gratis y para salvar.

»En la noche de gala en el Femina, la élite artística de *tout Paris* se dio cita para el debut: Maurice Chevalier, Gaby Morlay, Lucienne Boyer, Moro-Giafferi, el abogado argelino que defendió a Landrú; la Josephine Baker. Foujita, el pintor japonés, llegó vestido con un kimono imperial y unos gruesos anteojos de carey. Georges Carpentier, la gloria del boxeo, estaba allí. Me hice tomar una foto con él, como de cartelera, cuando se acabó el concierto. Tito Saubidet decoró los muros del Femina con motivos camperos. Barbieri y Riverol tocaron con el corazón. Canté hasta que le saqué los mocos a la audiencia. París cayó, cayó redondita y de piernas abiertas. Domé a la matunga.

»*Madame* Liggett me miraba desde el palco, entre humos. Fumaba y sonreía. Piernas flacas y huesudas, brazos llenos de diamantes. Bramé entre las piernas de la Liggett toda esa noche hasta quedar rendido».

Acto seguido, Gardel regresó a Buenos Aires, me contó. Hasta allá lo persiguió la *Madame*. Sus dedos flacos, sus cigarrillos en boquilla y su humo lo siguieron hasta allá.

Un día andaba en mangas de camisa en la casita de Jean Jaurès cuando alguien tocó a la puerta.

—Un envío para el señor Gardel —anunció un mensajero cuando abrió.

Le extendió unos papeles que él firmó, y se quedó esperando el paquete. Pensó que su apoderado en París le enviaba alguna carta, o una caja de discos. Pero no. El mensajero sonrió y le puso unas llaves en la mano.

—Obsequio de *Madame* Liggett —señaló hacia la calle.

Aparcado frente de la casa, brillaba un Cadillac negro contra el sol del Abasto. Gardel se acercó, para verlo mejor. En la puerta del pasajero estaban sus iniciales en letras de oro; el ovillo dorado del león se hacía arabescos que inscribían C. R. G.

—¿Pero cómo? —iba a preguntar, y se detuvo. Lo detuvieron. El mensajero le entregó un sobrecito. Había una nota en francés.

«Rappelez-vous de moi».

Contrató a un chofer que lo llevara y lo trajera por toda la ciudad. Sacó a Inesita a pasear. Anduvo en aquel Cadillac el barrio entero. Hacía que lo llevaran a las *boîtes*, a los conciertos, a las grabaciones.

—Para que me vieran. Pero no me hallaba. El Cadillac no cabía en el Abasto. El Cadillac era París, llamándome.

Gardel volvió a París a los tres meses. *Madame* Liggett lo arregló todo. Trabajó sin descanso durante veintitrés días filmando la película *Melodía de arrabal* y luego un corto con Jacquelux. Después, turno nocturno. *Madame* requería de su compañía para todas partes; para merodear las noches locas de París. Abrirle la puerta del Méridien, del Chez Josephine. Escuchar conversaciones interminables con sus amigos de la *célébrité*. Acompañarla a teatros y a cenas. Trabajaba a la matunga.

Pero era ella quien lo trabajaba a él.

Gardel sintió que tenía que imponerse; dejarle saber a la Liggett que él no era su perrito faldero. Urdió un plan. Se hizo amante de Imperio Argentina bajo las mismísimas narices de la *Madame*, quien no se apartaba del *set* y lo vio todo.

—Ella quería a su gigoló. Al tipo peligroso. Yo se lo di.

Maltrató a *Madame* Liggett y París se abrió aún más, flor de primavera. Triunfos, galas, cine. Más prohibiciones del Papa. *Vento*, muchísimo dinero. El barrio del Abasto empezó a quedarle lejos. Se lo comentó a su *Maman*.

—Venite a vivir conmigo. Acá podemos montar otra casa.

Pero su madre le contestó:

—Ya yo soy de acá, *poupée*. Árbol viejo no se trasplanta.

El Gardel de entonces quería y no quería volver. El Abasto era su mundo conocido; pero tan pronto pasaban dos o tres semanas, le entraba una desesperación terrible que no podía controlar. «El *vento*; ¿y si se me acaba el *vento*? ¿Y si la vida se me convertía en quedarme juntito a la vieja? ¿Y si me volvía a convertir en don nadie, sin opciones, en una sombra de lo que fui?». Cualquier cosa podía pasar en el Abasto, cualquier puñalada, cualquier mal que echara raíz. Pero si se seguía moviendo, quizás no lo alcanzara su destino. «Volver, irme, volver. No quedarme en ningún sitio. Liviano. De viento».

Entonces, el productor Mariani le propuso otra cosa.

—Ya terminaste con París, Gardel. ¿Por qué no te vas para América?

—De allá vengo.

—No la del Sur. Andá para el norte, ¿por qué no te vas a Nueva York? ¿Adónde más vas a canchear, Carlitos? Ya tenés a París domado. A Madrid en el cabalete. O te vas al norte o te volvés a la tierra a vivir de triunfos pasados. No tenés para dónde más agarrar.

Nueva York, la Ciudad de los Rascacielos. Gardel tomó el teléfono y se lo consultó a Razzano. Habría que conseguirle un maestro de inglés porque, fuera del franchute y del criollo, no sabía parlar nada más. Habría que conseguirle traductores, ofertas de grabación, contratos. No fue difícil hallarlos después de su éxito en París. Razzano le anunció que la RCA le hacía una oferta de cantar en el Radio City Music Hall, y de rodar películas. Además, Nueva York estaba lleno de latinos y de tango. Así que, muerto del miedo pero resuelto, aceptó el reto de Mariani.

—Me monté en el *Europa à faire l'Amérique*. Rumbiando para el norte esta vez y no para el sur.

17

La dama

Era una de esas tardes calurosas del sur de la Isla en que la tierra respira un vaho seco y todas las cosas se ven difusas en el aire. Yo leía contemplando la tarde, sola en el cuarto. Me abanicaba en el balcón del hotel Meliá. Oí que se abría la cerradura de la puerta. Supuse que era el Zorzal. Era Ramos Cobián.

Fumaba. Me echó una mirada larga, de pies a cabeza, que de repente me hizo sentir desnuda. Me levanté de la silla donde leía y busqué con qué cubrirme, aunque estaba vestida; un chal, una camisa, una falda más larga. Mientras tanto, le balbuceé a Ramos Cobián.

—Gardel no está aquí.

—Lo sé.

Otra larga mirada. Ramos Cobián terminó de fumarse su cigarrillo. Se acercó al balcón del Meliá y lo arrojó por la ventana.

—Mira, negra —me dijo—. Yo siempre me opuse a que Gardel te trajera de perrito faldero a acompañarle la cama mientras terminaba la gira. Das mala imagen. Imagínate, el gran Gardel —Ramos Cobián hizo una pausa; torció la boca en una mueca irónica—, contigo del brazo. Esto no es París ni Nueva York. Esto es pueblo chiquito.

Seguí buscando con qué cubrirme. Buscando por toda la habitación. Encontré una camisa de manga larga que me puse encima de la otra.

—Yo se lo dije, que te evitara el mal rato. Pero Gardel no quiso escuchar razones. Ahora te tienes que mudar de habitación —remató el empresario.

No sé de dónde saqué fuerzas para responderle.

—Si Gardel quiere que me vaya, que venga él y me lo diga de frente.

—Qué ilusa eres, mi negra. ¿Para qué crees que el divo tiene tanta gente en nómina? Para que le hagan el trabajo sucio. Gardel ya no te necesita. Tiene otros compromisos. Así que te tienes que ir.

Me quedé muda; como si la lengua se me hubiese muerto dentro de la boca. Casi no podía respirar. Tan sólo quería que se acabara todo. Que Ramos Cobián saliera por la puerta, para que, por lo menos, me permitiera recoger mis cosas con dignidad, y no bajo su mirada de capataz.

—José tiene una habitación en el segundo piso, por si no encuentras carro público. Pero sólo hasta mañana. Después, te tienes que ir.

—Ya lo oí —pude responder.

Intenté fijar la vista en él, a ver si le encontraba algún mal, algo que Ramos Cobián cargara escondido y que le pudiera sacar en cara, para amedrentarlo. Alcé los ojos para mirarlo, pero los entorné de inmediato.

—El Turco Azzaf ha organizado una reunión de empresarios, así que Gardel va a necesitar tiempo y espacio para prepararse y poderlos agasajar.

Le di la espalda y caminé hacia el armario. Tiré sobre la cama mi bolso, mis faldas; los regalos de Gardel. Comencé a empacar mis cosas. Sentí que el empresario se acercaba a la cama y tiraba algo sobre ella. Un fajo de billetes.

—Ahí hay suficiente para el pasaje —me dijo antes de encender otro cigarrillo—, y por tus servicios.

Cantazo de luz y lo vi por dentro. Pulmones negros, llenos de secreciones y de hollín. Recuperé un poco el talante. Ataqué serena.

—No debería fumar así, Cobián. O mejor, cómprese una cajetilla entera y fúmesela de una sentada. No le queda mucho tiempo.

Ramos Cobián me contestó echando una larga bocanada de humo al espacio que nos separaba.

—A mí no me impresionas con tu plante de bruja, negra. Si te recomendé a ti y a tu abuela fue porque Gardel estaba desesperado. Ustedes se alimentaron de eso. Pero yo soy un hombre moderno. Yo creo en la ciencia.

—Yo también —le contesté.

Por respuesta, Ramos Cobián se echó a reír en mi cara.

Al fin, el empresario salió de la habitación. Yo me quedé allí, más que sola, derrumbada. Me senté en la cama. Intenté llorar, pero no pude. Quise esperar a Gardel. No llegó. En una, dos largas horas, no llegó. Supe entonces que las palabras de Cobián eran ciertas. Que lo había enviado para hacerle el trabajo sucio.

Recogí el dinero que Cobián dejó tirado en la cama. Terminé de empacar. Tomé mis cosas y salí de la habitación.

Bajé las escaleras poco a poco. Gardel me había traicionado. El calor pesado del sur, los días en el camino y las noches esperando a que llegara de sus funciones se acabaron para mí. Sin siquiera un adiós. Ahora debía regresar a mi vida de siempre, a mi cuartito infestado de llantos, de niños tuberculosos, a las plantas hábiles, sanadoras de mi abuela, a las miradas torvas de mis compañeras de curso en la Escuela y al trabajo con doña Martha en el Negociado de Salubridad. Debía volver a mi vida. Se habían acabado el palco grande y los hoteles, los cuentos de carretera y aquella voz, esa, la del Morocho del Abasto, que hacía que una descansara de sí misma. Eso era, se había acabado el descanso de mí. Aquellos días de fiesta con Gardel me habían permitido descansar de mí. Descansar de andar protegiéndome de todos; de mi abuela, que no entendía lo que era ser la nieta de la bruja más famosa de la Isla. De Mercedes y sus intentos de agenciarse dineros a costa de mi abuela. De la doctora Martha y sus grandes planes médicos, planes que suponían que mi abuela le revelara su secreto. De la Escuela donde yo no cabía, donde era una muchacha con potencial pero pobre, la negra, y por lo tanto incapaz de caber en lo profundo del mundo de la ciencia, de la medicina, de la verdad, del progreso. Por un momento, el Morocho del Abasto me regaló unas vacaciones de ese mundo y me hizo olvidar, entre las sábanas de los hoteles donde me hurgaba por dentro, quién era y en quién pretendía convertirse Micaela Thorné.

Porque aquello no pudo haber sido amor. No podía serlo.

Ramos Cobián me lo había confirmado. Gardel nunca dio la cara para desmentirlo.

Un escalón, otro. De repente estaba en la recepción del hotel. Frente a mí la puerta de caoba dejaba entrar el sol terrible de la tarde. A mi derecha, el mostrador olía a cítricos. Un botones aceitaba sus maderas, mientras el recepcionista organizaba las llaves de los huéspedes en una cajita numerada. A mi espalda se oían voces que provenían del comedor. Creí reconocer la voz de Azzaf, la de Riverol, la de Barbieri. También reconocí una voz femenina que conversaba con ellos y reía coqueta. Di media vuelta y me acerqué a esa puerta.

Adentro, una mujer rubia estaba sentada de espaldas a la puerta. La rodeaban los «muchachos» de Gardel. Otro señor más se acercaba a pasos agigantados: Ramos Cobián. La mujer se volteó hacia el que llegaba, extendió su brazo derecho para acercarlo a ella, para saludarlo con un beso. Un tintinear de metales anunció la aparición de una pulsera gruesa, en oro labrado, con pendientes de pedrería. Corazones, llaves, unos ojitos de Santa Martha con incrustaciones en esmeralda, un perrito bigotudo, todos esos pendientes en oro macizo colgaban de la pulsera y chocaban unos con otros.

—Ya terminé de aparcar tu carro, Guillermina.

—Gracias, Cobián querido, un beso de recompensa, que eso de manejar tantas millas me dejó con el cuello medio tieso. Si tuviera que estacionar yo sola el carro, todavía estaría dándole para adelante, para atrás…

—¿Y a tu marido qué le dijiste?

—Que venía a visitar familia y así lo haré, en tanto termine mi almuerzo con el divo. Eso si no se da mucho puesto, que Titi Betina me está esperando con un asopao exquisito. ¿Se podría saber cuándo baja?

¿Aquella era la empresaria a la que el Zorzal debía agasajar; a Guillermina Valdivia? ¿A la señora de las columnas de sociales de los periódicos de mi abuela? ¿Por aquella mujer yo me debía ir de la habitación de Gardel? ¿Desaparecer?

Escuché unos pasos que bajaban las escaleras. El cuerpo se me erizó. Ya era tarde para cualquier reclamación, tarde para cualquier reivindicación. Tarde. Me escabullí lo mejor que pude. Crucé las puertas del hotel Meliá y me perdí en el vaporizo de las calles. Doblé a la derecha en la Isabel Segunda, otra vez a la derecha y allí estaba la plaza. Frente al chaflán del Banco Popular, al otro costado de Parque de Bombas, se extendía una hilera de tres o cuatro carros públicos. Caminé rauda, como escapando, hacia donde estaban estacionados.

—¿Cuál es el próximo carro que sale hacia San Juan? —pregunté, sacando de entre el bolso el lío de billetes que me había dado el empresario.

18

Nueva York

—La ciudad. La gran ciudad. Nueva, olorosa a regalo recién abierto. No como Buenos Aires, que estaba llena de frisos, de edificios que recordaban otros países y otros tiempos. Ni como París. Aquello no se le parecía remotamente —me contó Gardel—. Todo era nuevo allá en el norte. Cemento que se levantaba hasta tocar el cielo. Gente que no tiene recuerdos, o que al menos caminaba así por la calle. Ligeros. Como acabaditos de nacer.

Cuando Gardel llegó a Nueva York acababa de caerse la bolsa hacía poco. Sin embargo, era como si la ciudad no se enterara. Estaba llena de objetos, de carros, pieles, luces. Durante el viaje en barco Gardel leyó que miles de desplazados vivían en las calles, o en refugios. Miles de braceros que llegaban desde el sur se morían en la calle por las nevadas. Otros miles llegaban cada día en barco, desde los lugares más lejanos. Todos perseguían el *vento*, el viento. Desembarcaban en Nueva York.

—Pero yo no los veía, Micaela. No los encontré por ninguna parte. Estarían en otro Nueva York.

Cuando se bajó del barco en la ciudad hacía frío. El viento cortaba la cara. Los puertos eran de un gris pesado, de plomo. Un vaho salía del agua y se remontaba por las escotillas del camarote del *Europa*.

Gardel llegó dos días después de Navidad. Su *Maman* partió para el sur; a la casita de Jean Jaurès. El Morocho se vio pasando otra Navidad solo, en un barco, dando bandazos contra las olas y el viento. No entendía ni papa de lo que le hablaban. Gracias al cielo que viajó con Castellanos, el empresario que lo representaría en la gran ciudad. Fue Castellanos quien le dijo al taxista que los llevara al Waldorf Astoria, donde los de la radioemisora le reservaron hospedaje.

—Aquella vez, la primera, no la pasamos bien. De hecho, me hubiera gustado zafarle algunas a Mariani por habernos convencido de que viajáramos. De que nos instaláramos en el norte.

»Por eso fue que pedí a Tucci para que orquestara mis películas en Nueva York. Para que me enseñara cómo se batía el cobre. Desde el 23, el tano se instaló en el norte. Y le iba bien. Había trabajado para todas las grandes cadenas. Dirigía las grabaciones latinas de la RCA. Tucci me iba a ayudar a abrirle las puertas a esta Dama de Hierro. Y me iba a ir bien. Como en París.

»Pero el norte me desinflaba, no sé por qué. El problema no era la distancia, ni el trato. Llegaba como un rey: más famoso que Valentino. Pero había algo que no traducía. Algo que se me empelotaba entre las manos y en la lengua.

»Tan pronto salimos del puerto, agarramos para el Astoria. Y no hicimos más que llegar para ponernos a trabajar.

»Aquellos fueron días interminables de grabación. Grabación en criollo, bonito. Grabaciones en francés, muy elegantes. Pero las grabaciones en inglés eran una pesadilla. Me pusieron tutores, me transcribieron las canciones en fonético para que repitiera y no había caso.

»Anduve un poco cachuso en esos días y decidimos que mejor poníamos depa en vez de vivir en un hotel. Estuvimos algunas semanas en el Waldorf. Después alquilamos un departamento en la Cuarenta y cuatro y Segunda. Los muchachos me decían: "Verás cómo te sentís mejor. Son muchos meses en el camino. Son las tensiones, es el clima". Pero yo sabía lo que me estaba pasando. Lo que me estaba por pasar. Erupciones, la voz. Grababa horas y horas en el estudio de Radio City, y de repente las erupciones, la voz como un hilito. Agua que se pierde entre las rocas. No conocía a nadie en aquella ciudad. No sabía dónde meterme. No podía confiar en los "secretarios" que me había asignado la NBC. Le Pera me ayudó en París. ¿Pero en Nueva York? ¿A quién recurrir para la bala? ¿A qué doctor que me supiera guardar el secreto?

»Tucci me sacó del aprieto.

»Lo llamé, ronco, a su casa. Él me acotó y me dijo que pasara a la hora de la cena, para aprovechar la conversa. Ya había ido a parar allí varias veces, invitado por su señora a comer casero cuando me cansaba de la paella valenciana de El Chico o de los espaguetis al alioli de Don Gabriele en el Santa Lucía.

»No lo pensé dos veces. Me enrollé bien el pescuezo, tomé un taxi y salí del departamento. Quise llegar antes de que la cena estuviera lista, llevarme a Tucci a la salita de estar, aprovechar que la doña estuviera trajinando en la cocina, entre las perolas. Y decirle. Preguntarle.

»En el taxi le di vueltas y más vueltas a la baldosa. No había de otra. En alguien debía confiar. ¿Y quién mejor que en Tucci, que me hacía todos los arreglos, que le ponía letras a las melodías que le cantaba o le tocaba a la guitarra? Él llevaba años viviendo en aquella ciudad. Él debía saber.

»Llegué a la casa. Le pagué al taxista. Tucci salió al recibidor a darme un abrazo. Pero me lo notó en la cara. En la bufanda demasiado gruesa al cuello.

»"Tú no te sientes bien, Carlitos. ¿Qué te pasa?", me preguntó de entrada, en el umbral de la puerta.

»"Che, estoy en aprietos. Necesito un favor".

»"Si necesitás guita, te presto".

»"No, Tucci, es por una condición. Necesito ir donde un médico".

»"Te llevo ahora mismo al Bellevue".

»"Sacudí muy lentamente la cabeza en negativa, mirándolo directamente a los ojos, agarrándole fuerte el antebrazo. Tucci levantó las cejas, alarmado. No tuvo que hablarse más. Que explicar más".

»Y entonces…».

Y entonces...

Gardel se topó con el otro Nueva York.

—Las calles largas del barrio olían a otra cosa, a puerto, aunque el mar quedara lejos. Eran olores a aceite, a verduras, a caja mojada. Allá arriba, del otro lado de Harlem, la gente hablaba en criollo y las vitrolas sonaban a canciones de regreso. Allí la gente recordaba y los recuerdos pesaban.

»Ahí estaban, inescapables, los braceros, los estibadores, los tabacaleros emigrados, trabajando. Limpiando baños, haciendo turnos en fábricas, sufriendo frío para vivir mejor. Allí estaban con sus olores de gente con hambre, vestidos con abrigos que les quedaban grandes o demasiado pequeños, con faldas y camisas de colores chillones bajo aquel gris plomizo. La gente vestía como si viniese de lejos. Vestía sus añoranzas. Con sus saquitos de melancolía venían a encontrar casa, trabajo. Una mejor vida. Después se convertían en mercancía trocando de mano en mano. Como yo.

»Cierto que andaba abolado. Con demasiado amurre de que se fuera a saber, de que las puertas se me cerraran en las narices después de tanto afán. Pero no podía dejar de mirar por la ventana. Doblamos por la calle del Teatro Puerto Rico y después dimos vueltas y más vueltas. Paramos de repente, frente a una oficina. Afuera decía: "Doctor Julio Roqué. Dentista". Y en un letrero más chico: "Se habla español".

»"Es un tipo de confianza", me susurró Tucci cuando salimos del taxi y lo detuve, tembloroso, a las puertas de la oficina.

»Subimos unas escaleras. Tucci cruzó el despacho directamente hacia la enfermera, que de inmediato me miró con la cara asombrada, reconociéndome. Pero se contuvo. No tuve ni que hablar con ella, Tucci se encargó de todo. La enfermera corrió a avisarle al doctor que tenía una celebridad en su despacho. Que dejara todo, que viniera a verme. Me condujo a una salita solitaria donde esperé junto a Tucci.

»"¿Un dentista, Tucci?", intenté bromear, pero la voz me salió ronca, deshilachada.

»"Tú no sabes los males que cura este hombre".

»Entró el doctor. Tucci se escurrió por la misma puerta antes de que se cerrara. Tan sólo intercambió miradas con el individuo. Me dejó a solas con el doctor y yo le aflojé.

»"Tengo el mal, doctor".

»"Usted y muchos otros".

»Roqué me tomó la presión. Me chispeó las llagas.

»"Tiene una recaída, pero eso se arregla pronto si se compromete a venir seguido —me dijo—. Va a tomar doce sesiones. No puede dejar de ponerse las inyecciones porque el mal recrudece por falta de tratamiento. Pero le aseguro que si se lo aplica, lo vamos a mantener a raya".

»Y me puso la primera dosis de penicilina. Frío del metal entrando por la piel. Ardor de mierda.

»Roqué me masajeó el brazo. Se le endulzó la mirada.

»"Usted no lo sabe, pero yo soy fanático suyo".

»Se me encendió la cara de vergüenza. Que la fama antecediera al mal.

»El doctor Roqué se echó a reír. Yo lo acompañé. Busqué un pucho en mi cigarrera; eran los nervios. Me puse el pucho en la boca, pero no lo encendí. No se fuma en la oficina de un médico.

»"Soy un gran fanático suyo —repitió Roqué—. Es más, lo invito a cenar", me dijo acercándome un mechero.

»Nos hicimos amigos.

»Roqué me recomendó a Plaja, que era masajista, de enfermero. Me lo envió para que no tuviera que subir hasta el barrio ni romper con la rutina del trabajo. Lo contraté enseguida. Pero seguí subiendo adonde Roqué.

»Plaja además me enseñaba inglés. Me acompañaba a El Chico cuando quería romper noche; cantar entre los míos por puro deporte, sin cobrar. Los míos se convirtieron en mucha gente: meseros colombianos, marinos mercantes de la tierra vieja, músicos cubanos y boricuas. Esa gente me acogió tan pronto me vio. Me hizo suyo. Les hice una función en el Teatro Puerto Rico para pagarles el favor. Me quedé corto. Así que fui con Tucci y con Roqué y con una prima suya al estreno de *Cuesta abajo*, en el Campoamor. La prima andaba casada con un don influyente, mucho mayor que ella y rico.

»"Quiero que vengas a la Isla. Allá todos te aman", me dijo.

»Ella organizó una cena en la casa de Roqué. Así conocí a varias personas influyentes de su país. Conocí a Ramos Cobián. Por ahí vino la oferta de cantar acá.

»Pero lo pensé mucho.

»Acababa de firmar el compromiso para filmar *El día que me quieras* y después *Tango Bar*. Le Pera y yo estábamos pensando regresar a la vida de hotel, cerrar el departamento y mudarnos al *Middletown*; así enfrentábamos mejor el tren de laburo de las películas. Grabé tantas canciones que ni me acuerdo. Trabajaba de día y de noche. Después terminaba en los *speakeasies*. Visitábamos los clubes de *jazz*. Miraba, aprendía. O me iba a los caballos de Nueva Jersey para apostar en las carreras. Empecé otra vez a vivir sin susto. Me amoscaba un poco no someterle bien al inglés, pero lo pensé mucho para irme de Nueva York.

»*El Big Broadcast* y las dos pruebas que hicimos de *Amargura* nos acabaron de decidir. Increíble. Nos cambiaron el título del tango a *Cheating Muchachita*. No salió bien, por más que quisimos. Ya no tenía caso seguir insistiendo en lo mismo; en hacer el cruce. A Valentino le salió porque no tenía que hablar. Tan sólo actuar, atacar, ser mirado.

»Pero a mí me tocó otro tiempo.

»Así que le dije a Roqué que volviera a llamar a su amigo, al que me había presentado su prima en la cena en su casa.

»"¿Al dueño de los teatros Paramount?".

»"Ese. Dile que ya estoy listo. Que empiezo a cuajar una gira por toda Latinoamérica. Mi gira de regreso. Venezuela, Colombia, Puerto Rico, países donde nunca he estado, pero que desde que vivo aquí, los veo clarito. Mirá dónde tengo que venir para descubrirlos".

»Y comenzó la negociación».

19

En la Escuela

——

Entré por la puerta de siempre la mañana siguiente de haber regresado del sur, desahuciada del cuarto de Gardel. Traspuse cabizbaja las puertas de hojas de acanto. Unas compañeras me saludaron al verme llegar. Debió ser Lidia Marte, la muchacha de las montañas de Naranjito que después se hizo maestra de enfermería de la Escuela. O quizás fue Ana Celia, la otra muchacha «de condición» que estudió en mi clase. Habrá sido alguna de las dos. Eran las únicas que me dirigían la palabra.

—Micaela, andabas perdida. ¿Te enfermaste?

A la que haya sido la miré cansada, hosca. Me costó un esfuerzo inmenso contestarle.

—No, enferma no. Ocupada en cosas de familia.

—Pues esta tarde avisaron que iban hacer práctica en sala de operaciones. Nos cayó de paracaídas un doctor de la Universidad de Columbia y va a hacer una operación de demostración. Las catorce que nos graduamos tenemos que ir al Hospital Presbiteriano. Nos toca a las cuatro de la tarde.

No sé qué respondí. Tenía la cabeza en otro lado. Recuerdo que esa mañana hubo repaso para el examen de fin de curso, el que me convertiría en enfermera practicante. *Miss* Teresita Liding era la profesora que estaba a cargo de nuestro curso.

Pasó a entregarnos la lista de los temas por cubrir. Valoración pediátrica. Control de vías respiratorias. Crisis cardiovascular y tratamiento. Crisis de vías respiratorias y tratamiento. Hipoperfusión y reposición hídrica. Traumatismos. Administración de fármacos y acceso vascular. Temas médico-legales.

—Y a propósito del último tema, vamos a repasar el caso Rhoads.

El caso Rhoads. Era el favorito de nuestra profesora. Todas las muchachas sabíamos que doña Teresita era nacionalista. Tenía conexiones con los locos de camisas negras que abogaban por la independencia de la Isla. De hecho, era amiga personal del líder del movimiento, negro letrado como mi padre, pero con mayor suerte. Hijo bastardo de español y lavandera, tuvo la suerte de recibir una beca de los masones para irse a estudiar leyes al norte. Allá se hizo abogado; como José Celso Barbosa, otro negro que se fue para volver hecho todo un doctor. Pero don Celso abogaba por unirnos a los americanos. Don Pedro era de otro parecer. Predicaba la independencia. El derecho de toda nación a ser libre. El final de la ocupación estadounidense. Mi abuela, Mano Santa, ponía los discursos de don Pedro y los del doctor Barbosa cada vez que los entrevistaban en la radio. Tenía recortes de ellos cuando salían en los periódicos. Los guardaba, juntos, a los dos.

—Ese don Pedro habla bonito —decía—, pero la libertad no alimenta el cuerpo. El alma sí. Aquí los que reparten el bacalao son los americanos.

Fue precisamente don Pedro el que armó el escándalo del caso Rhoads.

Hacía ya tres años que un patólogo del Instituto Rockefeller de Investigaciones Médicas —el doctor Cornelius Rhoads— fue designado para conducir unas experimentaciones sobre el cáncer en Puerto Rico. Tomó a trece pacientes y a propósito los inoculó con células de cáncer: murieron ocho. Mientras tanto, el doctor Rhoads anotaba, estudiaba, inyectaba. Un día dejó una carta personal sobre su escritorio. A la vista de todos. Esa carta llegó a manos del Partido Nacionalista de don Pedro Albizu Campos.

La carta salió citada en prensa.

Los puertorriqueños, sin lugar a dudas, son los más sucios, vagos, degenerados y ladrones de todas las razas humanas que habitan este hemisferio. Enferma saber que compartes la misma isla con ellos... Lo que esta isla necesita no es trabajo de medicina social, sino un tsunami o algo que extermine a toda la población... He hecho todo lo que he podido para adelantar el proceso de su exterminio; matando a ocho y trasplantando cáncer a algunos más. Mi último experimento no ha dado los resultados esperados. No vale la pena tener en cuenta el bienestar de los pacientes. De hecho, todos los médicos con que me he topado se regocijan de abusar y torturar a esta masa de pobres seres humanos.

Don Pedro armó el escándalo. El gobernador militar de esos años ordenó una investigación sobre el caso. Rhoads fue exonerado, aunque lo retiraron de su puesto. Después pasó a dirigir una instancia militar donde se hicieron experimentos sobre radiación.

Pero eso pasó después, mucho después de que me graduara. De que presentara el examen que me preguntaba aspectos legales de la práctica de la medicina. De que me convirtiera en esta Micaela Thorné. Aquella mañana, después de haber viajado con Gardel, yo recordaba el caso como entre brumas. Me lo sabía entero, pero no me interesaba discutirlo. No entendía qué tenía que ver conmigo todo aquello.

Miss Liding insistía en cuestionarnos.

—Entonces, muchachas, ¿qué procesos legales infringió el caso Rhoads?

Tímidamente, una muchacha levantó la mano desde el fondo del salón.

—Usar a los pacientes como conejillos de Indias sin explicarles los experimentos a los que se les estaba sometiendo.

—Pero los pacientes eran analfabetos. ¿De todas maneras hubiesen entendido la explicación?

—De todas formas había que explicárselos. Y si no, protegerlos de alguna forma. Quizás informando a las instancias pertinentes del experimento que se llevaba a cabo.

—¿A qué autoridades? ¿A las de la Escuela? ¿Las del Departamento de Salud? ¿Al gobierno militar?

Todas nos echamos a reír en el salón. Una de las muchachas alzó la mano, resuelta.

—Pero de todos modos debió haberse hecho, ¿no?

—Entonces —interrumpió *Miss* Liding— habría que preguntarse, ¿qué pasó con las enfermeras, los ayudantes de investigación del doctor Rhoads que no hicieron esa denuncia? ¿Por qué tuvo que venir un abogado de afuera a levantar el caso? ¿Por qué ninguna instancia del Departamento de Salud, o de aquí mismo, de la Escuela de Medicina Tropical, donde tenía su despacho el doctor Rhoads, le llamó la atención al médico?

Doña Teresita Liding me miró de frente. Me hizo un gesto de barbilla.

—A ver, *Miss* Thorné. ¿Por qué ninguna enfermera o ayudante de investigación de Rhoads reportó el caso?

Le respondí a *Miss* Liding serena, con aplomo. El cansancio me hizo parecer resuelta.

—Porque lo podían perder todo: trabajo, acreditación. Además, con perdón, *Miss* Liding, ¿quién le va a creer a una enfermera una acusación contra un médico estadounidense? ¿Con qué fuerza cuenta una practicante, o un mismo doctor de aquí, para poder detener a un patólogo del Instituto Rockefeller?

Miss Liding siguió su acometida.

—¿Pero ese era su deber, no es cierto? ¿Intentar al menos detener el experimento de Rhoads?

—Sí —respondí—, ese era.

—¿Y usted, Micaela, ahora que se va a graduar de enfermera, qué hubiese hecho?

Miré seria a *Miss* Liding. Sabía la respuesta esperada. Pero también sabía de la inutilidad de esa respuesta. Era fácil pedir inmolación en aras del deber y de la ética profesional. Fácil pedir magnos sacrificios a una enfermerita recién graduada que no va a cambiar el curso de la ciencia, el curso de la política o de la historia de una isla dominada. Me hubiese gustado devolverle la pregunta.

«¿Y usted, *Miss* Liding, qué hubiese hecho?», me habría gustado responderle.

Pero no respondí nada. Me le quedé mirando directamente a los ojos hasta que el aire se puso denso. No sé, creo que vi algo; un tenue brillo, un temple profundo que me hizo recordar la carta. La carta del doctor Rhoads, ¿cómo había llegado aquella carta al despacho del doctor Albizu? ¿Quién la robó de la oficina de Rhoads y la llevó escondida entre sus refajos hasta donde se pudiera hacer justicia?

Bajé la cabeza. *Miss* Lidding se paseó triunfante por el salón de clases y prosiguió su repaso. La cara me ardió de vergüenza.

Cuando al fin terminó la clase estaba rendida. Me escabullí fuera del salón y casi corriendo subí a la azotea de la Escuela. Escaleras arriba, me esperaban el salitre y las hojas de acanto. El mar rugía contra el farallón de rocas del acantilado que levanta al Viejo San Juan. Allí escogí un lugarcito que me diera sombra y me senté a ver el mar.

Pasó una gaviota; pasaron barcos rumbo a la bahía. Pasó un bracero empujando un carretón. Músculos tensos y sudados de un negro brilloso. Dieron las cuatro de la tarde. Tuvimos que ir a presenciar la operación al Hospital Presbiteriano.

No quería ir. Quería estar lejos, en la carretera. Volver a ser esa criatura sencilla que se deja poseer en las camas, que deambula por los pueblos y los teatros de la Isla, que se ríe de sí misma junto a los demás. No quería batir ninguna pelea, ganar ninguna batalla, abogar por ninguna dignidad. Sobre todo, no quería curar a nadie. Ni que me curaran. Que me dejaran morir de mi mal. Del mal de estar cansada, de intentar cosas grandes y saber de antemano que no iba a lograr mucho.

Gardel me había traicionado. Me había despachado por proteger su imagen, por agasajar a una clienta. Por atender a gente que tenía más cosas que yo. Que tenía pulseras de oro, carros grandes, dinero para almorzar en salas de hoteles, el nombre correcto y la piel correcta que abre puertas por las que puedes cruzar sin tener que estar pidiendo permiso a tu sombra, sin tener que intentar que nadie te mire o aguantar que te miren todos como si fueras un espectáculo de circo: el espectáculo de tu presencia, y tú borrada. Allí, bajo los faros del candil y a la vez desposeída de ti misma. De eso quería descansar.

De todas maneras fui a la operación en el Hospital Presbiteriano. Era requisito para las catorce enfermeras prontas a graduarse de la Escuela de Medicina Tropical. Para llevarnos la Escuela dispuso dos de sus vehículos de ambulancia, donde nos apilaron a todas; nos acompañó el doctor Insern y de nuevo la enfermera graduada *Miss* Liding. No, ella no estaba, era otra. Pero como si estuviera allí. Como si, ahora que recuerdo y escribo esto, ella estuviera allí, aquí, mirándome por encima del hombro.

Llegamos al Presbiteriano y nos identificamos como un grupo de la Escuela. Nos llevaron a la sala de operaciones. Nos preparamos para entrar en sala: lavado de manos, mascarilla, pelos recogidos bajo red. Luego entramos a un quirófano donde había una luz muy pequeña. Allí una paciente recibía anestesia.

El doctor Insern nos acompañó. Hizo la introducción de lo que íbamos a ver.

—Este es un procedimiento que ahora mismo se está implantando en la Isla de manera masiva. Tomen en cuenta que es una operación sencilla, pero que no se puede llevar a cabo en sala natal ni postnatal. Hay que hacerla en quirófano con personal adiestrado.

Se hizo un silencio. Un señor muy blanco, de canas y pelo claro, entró al quirófano. Venía debidamente vestido con bata de operar.

Otra vez Insern tomó la palabra.

—Les presento al doctor Stewart Lewis.

El doctor Lewis hizo un breve gesto con la cabeza. Gesto rígido, como de militar. Luego se abrió paso entre la concurrencia. La paciente sedada dormía tranquilamente bajo los efectos de la anestesia. Una enfermera alzó la sábana que la cubría, que no permitía que le viésemos el rostro. Acto seguido, le rasuró el vientre y el pubis y le untó alcohol yodado. La enfermera se apartó de la paciente, dando paso al doctor grande, pálido, que empezó a pedirle instrumentos en un inglés apenas audible.

Un escalpelo pequeñísimo recogió la luz fría del recinto y la hizo brillar por todos lados. El doctor lo tomó entre sus dedos enguantados e hizo una pequeña incisión en la piel de la paciente; piel trigueña, para nada tan pálida como la del doctor. Manó sangre; una gota que se transformó en hilo y luego engrosó. La enfermera del alcohol yodado tomó gasa y esponja y comenzó a secar. El doctor pidió algo, una solución que fue rociada en el corte y que detuvo un poco la sangre. Entonces procedió más profundamente. Cortó entre la capa de grasa amarilla que se abría esponjosa debajo de la piel del vientre, justo debajo del ombligo, cortó tejido muscular rojo y tenso como de animal de carga. En ese momento pareció llegar a su destino. Abajo, entre los cortes, apareció algo fragilísimo, como una ameba anaranjada con dos largos cuernos que terminaban en finos filamentos. Tallo, una flor de carne. Aquella revelación me hizo abrirme paso entre las compañeras, entre los cuerpos suspensos de las catorce enfermeras que estábamos allí asistiendo al doctor Lewis. Ya había visto heridas antes, tajos de machete que dejaban huesos al descubierto o cercenado venas. Había visto cientos de contusiones, astillas de hueso roto que traspasaban la piel. En forense había visto cadáveres. Y partos, con mi abuela había visto muchos partos. Estaba acostumbrada al olor de la sangre y de los excrementos. Pero aquello era otra cosa. Aquello era la precisión.

Allá al fondo latía un pequeño universo dentro de la carne, envuelto en un tejido diferente, traslúcido. El doctor Insern intervino:

—Muchachas, esta es la matriz y estas las trompas de Falopio. Como ustedes recordarán, forman parte del sistema reproductor…

Y se perdió en explicaciones que ya yo sabía de memoria. La paciente se movió. Murmuró algo, pero como quiera permanecía dormida, mero cuerpo entregado a las manos de la ciencia para que nosotros pudiésemos estudiarla. ¿Que debía hacerse con ella? ¿Cumplir con el deber de sanarla? ¿Sanarla de qué? Lo que mandaba el deber era curar y procurarle una vida mejor a esa paciente que llegaba a nosotros para que le devolviéramos la fuerza, el vigor, la esperanza. Para que actuáramos sobre ella con conocimiento de causa. ¿De todas las causas? ¿Cómo pude yo pensar que podía ver todas las causas?

El doctor Lewis pidió entonces otro aditamento en su inaudible idioma. La enfermera procedió a buscar un carrete y a desenrollar un hilo casi negro, del que se usa para suturas, pero bastante más delgado. El doctor atrapó con unas pinzas una trompa de Falopio y la amarró con el hilo. Repitió la operación en la otra trompa. Entonces, con una tijera de pico largo, cortó. Una, dos incisiones.

—*Done*—musitó.

Comenzó a coser tejidos y piel. Poco a poco fue surgiendo un costurón que se alargaba poco más abajo del pubis.

Yo seguía arrobada por lo que había visto. Los cortes de piel, otra manera de intervenir el cuerpo, de curar. Arrobada como si hubiera visto una aparición.

El doctor Insern nos dio una larga charla acerca de los programas de control de natalidad que se estaban fortaleciendo por las iniciativas del gobierno y del Negociado de Salubridad. Nos informó que en ese momento los dispensarios de la Isla se estaban preparando para lograr que seis de cada diez parturientas accedieran a operarse. Sobre todo si eran de «bajos recursos».

La clase demostrativa llegó a su fin. Salimos de la sala de operaciones, nos quitamos las batas. Nos volvimos a lavar, a cambiar de ropa. Luego nos tocó cruzar los pasillos y cuartos de espera de cirugía. Allí, en camillas, una larga fila de mujeres, todas jóvenes, como la que acababábamos de ver tendida y abierta ante nuestros ojos, esperaban turno para entrar al quirófano. Mujeres blancas, mulatas, negras, mujeres sedadas, mujeres con cara de espanto. Mujeres llorosas a quienes otras mujeres les buscaban las venas para ponerles sueros e inyecciones que las adormecieran. Para que les rasuraran el pubis, para que las prepararan para el cuchillo. Toda una muestra de mujeres. Una flora y una fauna de mujeres. Esos cuerpos en espera.

20

Extracciones

Mi abuela viajó hasta Campo Alegre ese fin de semana. Fue a verme y a atender su puesto, Luz y Progreso. Tosía con mayor frecuencia. Se le veía cansada.

La verdad, no me la esperaba. Pensé que se quedaría un rato en el campo; que después de su conversación con doña Martha aguardaría hasta ver resultados. Esperar a que doña Martha actuara y apareciera mi beca de estudios. Además, no andábamos cortas de dinero. Sin embargo, me la encontré en nuestro cuartito de Campo Alegre cuando regresé del hospital. Me echó la bendición y después partió a atender pacientes. Yo se lo agradecí. No quería contarle de mis días de escapada con Gardel.

Regresó entrada la noche.

—¿Por qué no me lees el periódico? A ver si así me distraigo —me pidió esa noche del 12 de abril después de comer.

Yo tomé de sus manos rugosas los pliegos del periódico que sacó de uno de sus bultos. Era el *Brisas del Caribe*.

—Ay, abuela, esta porquería. Por qué no trajiste *El Imparcial*. O *El Mundo*, es decir, periódicos de verdad.

—Pero los otros son puras letras, Micaela. Aquí las fotos son más grandes y más bonitas. Viendo esas fotos, una por lo menos se entera de algo.

Abrí el *Brisas*. Leí los titulares y las noticias; dos muertos a machetazos en un barrio de Sabana Seca. El caballo *Kofresí* era la sensación de las carreras en los hipódromos de Quintana y Las Monjas. La Emulsión de Scott aseguraba que podía terminar con las secreciones nasales. Los Polvos Murray evitarían las erupciones de la piel. Pasé a sociales, a ver si encontraba algo de los conciertos de Gardel. No lo pude evitar. Quería saber.

Entonces vi la foto. Aparecía el Zorzal, muy sonriente, al lado de la dama de la pulsera de oro. La señora Guillermina Valdivia y su esposo —un señor muy mayor de porte desaliñado que decían en la prensa que era doctor— aparecían sentados en una hilera de sillas frente a una mesa; la dama flanqueaba a Gardel, Barbieri y Riverol y al alcalde del pueblo de Yauco. El escenario era una casa señorial de amplísimo comedor. Allí ofrecían un agasajo. «Casa de la maestra norteamericana Edith Dastas —rezaba la noticia—, abuela materna de Tomás Stella». Allí estaban las fotos y la nota de prensa anunciando que el Morocho había dado una función sorpresa en el Teatro Ideal, y que esa noche se desplazó al pueblo de Guánica, a una casa particular. Luego, él y su comitiva partirían hacia su otro destino en Cataño.

Ese noche, junto a mi abuela, le deseé a Gardel la muerte.

Entonces decidí que me quedaba la ciencia. «Ese largo viaje requería toda mi atención», pensé. Y dinero. Necesitaría dinero para mi largo viaje. Becas que me llevaran lejos de todo aquello. Hacia el norte, lejos de Gardel, de niños barrigones, de damas de sociedad con pesadas pulseras de oro. Intenté dormir. Pude.

Me despertaron los sonidos de siempre, las mujeres dando voces, los chorros de agua cayendo contra el pavimento. Me despertaron los ruidos de motores de camiones que venían a traer mercaderías a Campo Alegre. Me despertó la tos de mi abuela y sus trajines. Organizaba un fardo grande de hierbas que trajo de La Doradilla. Sorbía una tisana, me imagino que de jengibre y miel. Me senté junto a ella. Allí estaban sus otros remedios: la semilla de flamboyán para las anemias, el llantén para desbaratar piedras en el riñón, hierba cangá para inflamaciones y cicatrizar heridas. Y allí estaba la hoja. Corazón de viento. Mi boleto de ida, si lo administraba bien.

¿Pude haber hecho otra cosa? ¿Pude elegir otro camino? Porque fue aquella mañana en que al fin comencé a tramar la traición. La carne que brillaba bajo el bisturí. Las hermosas trompas de Falopio danzando bajo la luz del quirófano. La foto de la dama del pulso de oro. Todo eso me obligó a tramar y algo más. La tos, las manos sucias de mi abuela, las plantas. Todo eso fue. Y una vergüenza que quemaba. Eso. Quemándome la piel, una vergüenza me obligó a tramar mis rutas de escape.

Mi abuela organizaba pequeños mazos de hierbas para vender en Luz y Progreso.

—¿Te ayudo con eso, abuela?

Entre las manos sostuve un mazo de corazón de viento. Sin que Mano Santa se diera cuenta caminé hasta la camita y, haciendo que hacía otra cosa, lo escondí debajo del colchón. Me lo llevaría a la Escuela o al Negociado. Ese mazo sería suficiente para destilar la esencia azul potenciadora. No estaba segura de hacerlo. De atreverme a destilar yo sola la planta. De actuar en contra de los mandatos de mi abuela. Pero tomé la previsión.

Creo que algo sospechó mi abuela. Algo sintió, porque se detuvo en su faena. Se detuvo y se llevó la mano al pecho. Tosió fuerte y escupió en un pañito. Luego lo miró con mucho tiento, lentamente. Y entonces como que me espió sobre su hombro.

Yo la interrumpí para despistarla.

—Tengo que ir al Negociado a trabajar con la doctora Martha.

—¿En sábado? —contestó mi abuela.

—Sí, abuela, parece que es para algo importante. Voy a llegar tarde, así que no me esperes para comer.

—¿Estás segura, Micaela?

Se hizo un silencio. No supe cómo llenarlo más que con otra pregunta.

—¿Segura de qué?

—De que no te espere para comer.

Empecé a prepararme para mis faenas del día. Mi abuela me interrumpió hablando suavemente, como midiendo el aire. Estaba ronca. Alicaída. Su voz era un susurro hueco.

—A veces siento que los pulmones se me van cerrando.

—Si le echas un chorrito de la planta a la tisana de siempre, quizás se te abran.

—No, es otra cosa la que me está pasando. Me duelen el pecho y los huesos.

Terminé de planchar la falda amplia y la camisa de florecitas que me puse aquel día. Me acuerdo como hoy. Escuché a mi abuela mientras me destrenzaba el pelo para desenredarlo y volverlo a trenzar.

—Estoy pensando decirle a Mercedes que se quede con el puesto. El viaje me está pesando demasiado. Creo que ya va siendo tiempo de no volver más para acá, Micaela. De quedarme en La Doradilla.

Tensé las quijadas. Me aguanté una súplica. «No me dejes sola, Mano Santa. Tú eres mi apoyo. Hago esto por ti. Puedo estudiar porque tú estás. Te traiciono porque debo, porque si no, terminaré siendo como tú: otra bruja, sola, curando con plantas. Y tu mandato es otro. Tu mandato es superarte. No me abandones ahora, a la hora de mi hora. No me atreveré a ser quien debo ser si tú no estás».

Pensé en todo eso aquella mañana. Pero no dije nada.

—Quería preguntarte, Micaela, si te quieres quedar con el puesto ahora que yo no voy a poder atenderlo.

Miré a mi abuela con ojos descreídos. No me esperaba ese revés.

—¿Tú quieres que yo me quede con Mercedes vendiendo plantas?

—En lo que terminas de estudiar.

—Pero, abuela…

—Y así te ganas tus chavitos. Tienes el don. Puedes atender clientes. No vas a necesitar tanto de doña Martha.

—¿Y cómo voy a poder con la carga? Voy a tener que dejar de estudiar.

—Quizá te tome más tiempo, pero puedes juntar el dinero que te hace falta para irte a estudiar fuera.

—Ni en un millón de años el puesto me va a dar para irme a estudiar Medicina.

—Pues entonces estudias aquí.

—Aquí no hay escuela de medicina, abuela. Tengo que irme.

Mi abuela bajó la vista, tristemente.

—Micaela —dijo por fin mi abuela—. Me estoy muriendo.

Cantazo de luz y la vi por dentro. Abrí la puerta.

Caminé por la avenida. Esperé y subí al *trolley*. Llegué al Negociado de Salubridad. Lo hice todo como dentro del vientre de un sueño.

Y entonces.

Y entonces.

Llegué a las oficinas del Negociado. Caminé al laboratorio donde guardábamos muestras. La doctora Roberts estaba allí, como esperándome. Alzó una ceja al verme pero se quedó callada, esperando explicaciones de por qué estaba yo en el Negociado un sábado. Yo me puse la bata. Saqué de mi bolso el mazo de corazón de viento que le había robado a mi abuela. Le dije a la doctora Martha:

—Estoy lista.

—¿Lista para qué? —me preguntó.

Yo le respondí:

—Para enseñarle a destilar la planta.

—¿Pero no que tu abuela me enseñaría, que tú la convencerías?

—Ella nunca lo hará.

«Ella nunca lo hará, ella nunca lo hará», repetía mi propia voz en mi propia cabeza. «Ella nunca lo hará», y veía esfumarse mi oportunidad. La veía hacerse viento, *vento*, algo que se escapa entre las manos y a la vez me veía libre de mi propio futuro. Libre de mí, de lo que quería, en otro mundo donde no había otra opción que ser la mujer en la que me convertí.

«Ella nunca lo hará», resonaban las palabras en mi pecho. Una angustia me atenazaba el corazón. No podía permitir que mi abuela me retuviera en su mundo. Yo quería otra cosa. Yo merecía otra cosa.

—¿Y tú sabes cómo se hace?

—Siempre lo supe.

La doctora calló, pero yo la oí decir por dentro: «¿Y hasta ahora me lo dices? ¿Hasta ahora te aprovechas de mí? Me lograste sacar dos años de escuela de enfermería, viajes hasta La Doradilla, el trabajo en el Negociado. Patronazgo, libros, la licencia de partera para tu abuela. ¿Y te lo habías callado? Estos seres, estos animales pobres, pobres. Vivir entre ellos es como vivir entre bestias».

Se lo vi todo. Vi cómo cada palabra que pensaba le cambiaba el semblante. Pero no me importó. Cerré el mentón. Alcé la cabeza. «Tú te vendes, yo me vendo»; esa era la premisa. Bastante más le iba a sacar la doctora al secreto de la planta. Bastante más dinero, más prestigio. Claro, pero ella tenía justificación. «Es para el bien de muchos, Micaela —me habría contestado si yo la hubiese confrontado—. Es para que las mujeres dejen de parir muchachos que no pueden mantener. Para al fin salir de este criadero de moscas y echar para adelante a nuesta islita».

Eso habría respondido la doctora Martha si yo le hubiese dado la oportunidad.

Sin embargo, lo único que hizo fue esbozar su misteriosa sonrisa.

En el Negociado de Salubridad había un pequeño cuartito que nos servía de laboratorio. Allí guardábamos medicinas, alcoholados y materiales que les repartíamos a las comadronas para que aprendieran a desinfectar sus instrumentos. Hasta allí caminé. De mi bolso saqué el mazo de corazón de viento. Le respiré aliento encima, como si fuese a santiguar la planta para despertar su potencia, su capacidad. Con los dedos raspé un poco de la pelusa azul que la cubría, me la eché en la boca y supe que estaba al punto. Rompí el tallo de la hoja, sus nervaduras, la pulpa bajo la pelusa. La eché en un matraz. Busqué un chorrito de agua destilada (a falta de agua de río) donde poner a flotar la hoja. Había que proveerle un conductor que recibiera el calor del fuego. Abrí el gas del mechero y lo encendí con un fósforo. Puse a calentar el matraz. Luego me senté en una silla cercana a mirar las paredes. A esperar.

No quería pensar en nada, pero la planta me llevó. Hasta las riberas del Suní me llevó. Hasta los indios zenúes. Hasta Mercuriana Yabó escapando del cadalso. Me llevó hasta las camas de Gardel. Hasta el regreso a San Juan y la imagen de la pulsera de oro destellando en la foto del diario. Me imaginé la cara de Julia, hija de María Luisa Yabó, sonriendo. La cara de Candelaria Yabó de los Llanos, aprobadora. Me imaginé a la planta cruzando los mares hasta el museo de Le Mans, donde André Ledru terminara sus días enseñando botánica a unos niños de la campiña.

La única cara contrita, de quijadas trancadas que vi, fue la de mi abuela.

Todo lo vi en mi imaginación, llena de las escenas del cuento de Mano Santa. Sin embargo, esta vez el cuento no pesaba. Las palabras que recordaba no me aprisionaban como de costumbre. Yo, serena, traicionaba a la planta. Yo, feliz, esperaba consumar mi traición.

La doctora Martha me sacó de mi embeleso. Entró con su bloc y varios instrumentos de medición. Se puso a tomar notas. Apuntó la temperatura de calentamiento. El tiempo que llevaba la planta cocinándose. Comenzó a hacerme preguntas.

—¿Por cuánto tiempo hay que dejar hervir la planta?

—Nunca debe hervir.

—Pero tu abuela me dijo.

—Olvídese de lo que le dijo mi abuela. La planta no debe hervir. Tan sólo calentarse y comenzar a evaporar lentamente.

—A ciento cuarenta grados Fahrenheit.

—A veces a más, a veces a menos. La planta no siempre se comporta de la misma manera.

—Eso es imposible. Es una planta.

—Lo primero que debe recordar, doctora, es que no está trabajando con lo que usted supone una cosa inanimada. La planta está viva… —comencé a explicar. Pero de inmediato me di cuenta de que iba a sonar a Mano Santa. Que la doctora no me iba a entender. Callé de inmediato. Me corregí. Volví sobre mis pasos—: Sí, doctora, caliéntela a ciento cuarenta grados por media hora. Si ve que el vapor no sale, caliéntela un poco más de tiempo. El vapor saldrá. Inmediatamente, baje la temperatura y póngale un sifón al matraz, para iniciar el proceso de condensación.

—Ese proceso lo he llevado a cabo veinte veces, siguiendo las indicaciones de tu abuela. Pero lo que me sale es un líquido deslavado que no sirve para nada.

—El problema es que usted quema el hongo poniendo a hervir la hoja.

—¿Qué hongo? Tu abuela no me dijo nada de que la hoja tuviera un hongo.

—Es eso lo que cura, eso mezclado con la savia de la hoja. Las dos cosas. Si falta una, el remedio fracasa. Le hacen falta la hoja y su hongo. La hoja y su enfermedad.

Entonces lo supe. Cantazo de luz y lo supe. Lo que curaba era esa relación, esa cosa pudriéndose, el proceso mismo. Ni la hoja ni el hongo sino esa cosa viva, los procesos que se daban en el mismo momento de la pudrición de la hoja moribunda y el hongo niño, naciendo. Había que aislar ese componente. Bautizarlo, darle aliento.

Eso era lo que mi abuela hacía cuando le echaba su respiración. Lo animaba a operar. Le daba fuerzas a la diminuta combustión que allí se daba.

Le prepararía la tintura a la doctora Martha, pero cuando recibiera mi beca para irme al norte me dedicaría a estudiar la planta. A estudiarla como se estudian los cuerpos. A abrir su delicada superficie para verla destellar contra las luces del quirófano. A mirarla de cerca, intervenida, bajo la magnificación del progreso. A ver qué era lo que pasaba entre hongo y planta. Cortaría trompas de Falopio, anunciaría la llegada de la aurora entre los cuerpos abiertos de miles de mujeres que se postrarían ante mí. Que se abrirían para que yo las liberara de sus cuerpos, de la malsana propensión a la progenie. Pero yo les devolvería la planta, esa que no las dejaría desamparadas en manos de los doctores. Esa que les restituiría los tejidos a su densidad original. Esa que las dejaría volver a ser enteras, no meras carnes mostradoras de su secreto sino juntas, completas. Imperceptible la marca del instrumento. La planta les trabajaría por dentro y las dejaría libres de ellas mismas.

O al menos eso pensé que haría aquella tarde mientras destilaba corazón de viento en el laboratorio del Negociado de Salubridad. Esa tarde en que fui la ingenua Micaela Thorné que traicionaba a su abuela; esa muchacha que pensó que todo sería tan fácil. Que tan sólo le tomaría una traición.

Pasó un haz de luz reflejándose sobre las paredes del laboratorio. Se escucharon bocinas de autos. Pasó una tenue ambulancia.

La tintura estuvo lista.

Se la ofrecí en el matraz a la doctora.

La doctora miró el líquido azul, un vapor asentado en el fondo del matraz de vidrio.

—Cumpliste con tu parte —me dijo, sonriente—. Ahora yo cumpliré con la mía. Yo misma te procuraré las solicitudes de ingreso a universidades. Haré las llamadas para recomendarte, y es casi seguro que te acepten, pero todo sigue dependiendo de ti. De que pases con buena nota el examen de enfermería.

La miré sin contestarle. No tenía nada que contestarle. Tan sólo contemplaba a la doctora, que a su vez miraba el líquido en la botella de cristal como si fuera oro azul. Viento líquido. Un misterio y la gula bailaban en sus ojos. Después de unos instantes, la doctora volvió a hablar.

—Así que te irás a estudiar a Johns Hopkins, en Baltimore, o a la Universidad de Columbia, en Nueva York. ¿Sabes dónde quedan esas ciudades, Micaela?

Me lo dijo riéndose. ¿De mí? ¿De su triunfo? ¿De cómo al fin rompió una resistencia milenaria? Me empezó a picar la cara, el cuerpo. Contraje las quijadas con resolución. Supe que no haría falta saber dónde quedaba Johns Hopkins ni Baltimore. Por mí, aquella universidad podía quedar en otro planeta. De todas formas iría.

—¿Y la beca de estudios? —le pregunté a la doctora.

—De eso nos encargamos Fernós y yo. Esta misma semana comenzamos los trámites. Sólo debes firmar una declaración jurada diciendo que vas a regresar, que no te quedarás por allá. Que trabajarás algunos años en los hospitales del gobierno para pagar la inversión en tus estudios.

—Regresaré, doña Martha.

—Y trabajarás en el Negociado.

—Sí, señora.

—¿Te ocuparás de la investigación que Fernós y yo estamos comenzando?

Yo empecé a quitarme la bata, a recoger y a lavar los utensilios que había usado. Guardé un poco de la solución que había quedado. En aquellos momentos no supe por qué no le ofrecía a doña Martha las sobras del destilado, o por qué no eché por el desagüe del fregadero del laboratorio el sobrante de la planta, la sedimentación oscura que quedaba en el matraz.

La doctora Roberts de Romeu se retiró con la solución azul en la mano.

Yo respiré tranquila y triste.

Ya jamás pude dar marcha atrás.

21

Recaída y vuelta

Era mañana del Jueves Santo. Acompañé a mi abuela a visitar siete iglesias, la Catedral, la Capilla del Cristo, la de San Francisco y San José, en el Viejo San Juan. Luego tomamos el *trolley*. Fuimos a la iglesia del Sagrado Corazón, a la iglesia Episcopal. Terminaríamos en San Mateo de Cangrejos.

Mi abuela resollaba. Le pitaba el pecho más de lo habitual. Hizo más paradas que el Cristo cargando la cruz.

—Regresemos al cuartito, abuela —le sugerí—. Tú ya no estás para estos trotes.

Mi abuela me miró seria, pero serena.

—Esta es una promesa que voy a cumplir. La última quizá. Vamos a terminar el recorrido.

Supe que de nada valía tratar de disuadirla. Además, ella sabía lo que yo había hecho. Quizás no lo sabía, pero estaba segura de que iba a hacerlo. Que yo le daría el secreto de la planta a la doctora. Su recorrido de Semana Santa era para expiar una pena.

Era para expiar mi culpa.

Pero su actitud no hizo mella en mí. Seguí como si nada, entretenida en el recorrido de iglesias, en ver a la gente con mantilla encendiendo velas y rezando en los responsos. No cargaría con nada más que con el ligero peso de la espera. Mi suerte estaba echada. Mano Santa cumplió con su destino. Ahora me tocaba a mí hacerme del mío.

Regresamos unos instantes al cuartito de la Plaza. Allí se nos reunió Mercedes.

—Llegué a socorrer a las caminantes. Este caldo quedó que levanta muertos —dijo cuando entró. En las manos sostenía un caldero humeante. Me asomé a oler. Pescado en salsa de coco, gandules, viandas. Caldo santo.

Mi abuela no quiso comer. No tenía apetito. Yo, en cambio, me tomé un plato completo del caldo. Bebí agua fresca. Mi abuela se echó a dormir una larga siesta. Resollaba mientras dormía, como si se estuviera ahogando en su propio aire. Yo no quise preocuparme. No quise ver. Saqué el mito de Atlantea y me entretuve leyendo hasta que fuera la hora de ir a las procesiones de la tarde.

Después de que Mano Santa se levantó de su siesta, la cosa se puso peor. No estaba en sí mi abuela. La respiración se le hizo más pedregosa. Sabía que algo le dolía adentro aunque no se quejaba, pero me pidió que le preparase un té de haya prieta. Yo la miré de reojo mientras se lo preparaba. Esa planta se usa para bajarle los dolores a las parturientas atravesadas.

Reanudamos el camino. Partimos hacia la parroquia de San Mateo de Cangrejos, la última del recorrido. Allí se arremolinaba la gente, en esa loma en cuya cima se alza la iglesia. Como en el Gólgota, los feligreses habían alzado tres cruces de palo para escenificar una nueva crucifixión. La procesión incluía a un Cristo disfrazado, una María llorosa, bastante amulatada, dos ladrones y multitud de ángeles y pastorcitos, llevados de la mano por sus pías madres hasta los patios de la parroquia. Hasta aquella loma subimos a duras penas mi abuela, Mercedes, que le servía de apoyo, y yo.

En la procesión nos tropezamos con caras conocidas. Todas las fulanas de Campo Alegre se habían puesto sus ropas más recatadas y mantillas sobre los pelos teñidos de rojo, de rubio mentira, de negro cobalto, para atender la procesión de Jueves Santo en San Mateo. Las otras mujeres, las castas señoras de sociedad, las miraban de reojo, espantadas, mientras agarraban a sus niños vestidos de ángeles y musitaban el novenario a la Virgen María.

Salió un Poncio Pilato de la iglesia, se lavó las manos y comenzó el suplicio del Cristo. Justo cuando estaban en medio de los latigazos, mi abuela puso una mano pesada sobre mi hombro.

—Micaela.

Mercedes y yo tuvimos casi que cargarla en vilo hasta uno de los bancos de la iglesia. Tuvimos suerte: toda la multitud estaba afuera, viendo cómo el Cristo cargaba su cruz y comenzaba a arrastrarla por la loma de San Mateo de Cangrejos.

Esa misma noche llamamos a un carro público que nos llevó a La Doradilla. Mercedes Lazú nos acompañó. Llegamos casi a la medianoche. Acostamos a Mano Santa en su catre. Yo le di más té de haya prieta, mezclado con savia de algarrobo para esa respiración trancada con que resoplaba mi abuela. Estuvimos en vilo la noche entera.

—La vieja está mal —me comentó Mercedes.

Asentí con la cabeza mientras vigilaba los carbones del anafre y escuchaba a mi abuela dormir un sueño intranquilo.

—¿Tú crees que se nos va?

—Ay, Mercedes —dije con miedo.

Por un momento pensé en la muerte de Mano Santa. Sentí una mezcla de terror y alivio. Si muriera mi abuela, podría proseguir tranquila mi camino sin su mirada reprobadora sobre mis hombros. Sin tener que llevar la carga de su mandato.

—¿Y si le damos la planta?

Busqué los sacos de corazón de viento que Mano Santa siempre tenía guardados en las trastiendas de La Doradilla. Agarré un puñado de la hoja con su hongo. Estaba a punto de trozarla con las manos, echarla en el fuego del anafre y comenzar a destilar cuando oí a mi abuela despertar de su sueño para hacerme una advertencia:

—La planta no, Micaela. Espera a que se me bajen la flema y el dolor. Todavía no me la des. Espera, todavía no... —susurró regresando otra vez a su sueño.

Nos quedamos Mercedes y yo velándola toda la madrugada. Sus respiraciones se fueron normalizando, pero le dolía todo el cuerpo. Le dolían los huesos, el pecho, las costillas. Le dolía la piel, la carne. Había visto pacientes que se quejaban de esos dolores. Lo único que se los quitaba era la morfina: eso o que dejaran de respirar.

Pero llegó el alba y mi abuela seguía respirando. Yo tenía que regresar a la capital. La fecha del examen era ese viernes, 19 de abril. Pensé con rabia, con dolor, en que estaba a punto de convertirme en otra cosa y la enfermedad de mi abuela me retenía allí, en aquel campo rodeado de hierbajos. Mientras hervía tés, mientras aplicaba cataplasmas de manteca de eucalipto para abrir los bronquios, pensé en salir corriendo de todo aquello, y también al ayudar a Mano Santa a levantarse de su catre para que pudiera escupir una flema espesa color verde y sangre.

Mercedes no se apartó de mi abuela ni un segundo. Fue como si se transformara, como si aquella vieja pendenciera y fiestona de repente se convirtiera en mujer contrita, al servicio de los demás. Un siglo entero le cayó encima esa noche. Ahora que lo pienso, que recuerdo sus silencios y su andar cauteloso por el ranchón, creo que Mercedes sabía lo que venía. Y que me trató con cariño y con pena.

Al amanecer, Mercedes me agarró del brazo y me llevó al patio de La Doradilla. Yo me dejé conducir.

—Yo creo que deberías regresar a San Juan, Micaela. Esto va para largo.

No encontré qué responderle a Mercedes. No quería que notara el gran favor que me estaba haciendo dejándome ir, liberándome de aquellos cuidados y de aquella enfermedad.

—Además, te veo ansiosa, como que dejaste cosas pendientes allá en la Escuela.

—Hoy tengo el examen final.

—No lo pienses más y vete. Si tu abuela se entera de que, después de tanto sacrificio, no pudiste tomar esas pruebas, se levanta del catre y nos mata a las dos. Anda, vete, yo me quedo con ella.

Subí las escaleras para despedirme de mi abuela: anunciarle que me iba, pero que volvía tan pronto tomara el examen. Me arrodillé cerca del catre. Mi abuela mantenía los ojos cerrados, vigilando su respiración. Se tomaba los pulsos desde adentro. Lo noté. No quise interrumpirla. Pero Mano Santa sintió mi presencia.

—Micaela, dime, mija.

—Abuela, es que tengo que estudiar para el examen final. Es hoy. Tan pronto termine, regreso.

—Lo sé, niña. Vete tranquila. Yo me quedo hasta que regreses.

—Mercedes se queda contigo.

—Pues mejor. Tú vete tranquila, que yo ya me estoy recuperando. Todavía le quedan fuerzas a este cuerpo viejo.

Partí de La Doradilla empezando la mañana. Caminé hasta el pueblo e hice el trayecto de siempre. Iba inquieta, pero resuelta. Por el camino, repasé notas de clase. Releí lecciones de biología, de traumatología, de aplicación de fármacos. Tomaba momentos para cerrar los ojos, descansar la vista y luego volver a los libros.

Llegué a Campo Alegre a las once. Entré al cuartito, agarré mis libros y partí hacia la Escuela. Gardel cantaría en el Teatro Cayey. Teatros abarrotados a capacidad, la gente pidiendo que siguiera cantando hasta el amanecer. El Zorzal Criollo los complacía. En Mayagüez, abrió las ventanas de su camerino y cantó para la gente que se había quedado afuera de la función. Hizo lo mismo en Manatí. Entre mis noches rotas de estudio, había encendido la radio y escuchaba música y noticias.

«Si sigue así, se le va a quebrar la voz», pensé.

«Ya no le debe quedar medicina», pensé.

Y luego la vergüenza. La vergüenza de su traición.

Seguí estudiando.

Terminamos la primera parte del examen a las tres de la tarde. Nos dieron un descanso para el almuerzo. Yo me llevé un plátano hervido. Me lo comí debajo de la acacia moribunda. Luego subí las escaleras del acanto. Me refugié el resto del tiempo en mi escondite usual, en la azotea de la Escuela. Allí seguí repasando notas. Memorizando.

Luego bajé a tomar la segunda parte del examen. Estuve dos horas escribiendo datos, definiendo fármacos. Terminé exhausta. Regresé al cuartito y me eché a llorar. No recuerdo por qué pero lloraba, como si supiera que todo había sido un desastre. Que mi abuela se moría en esos instantes. Que había hecho todo mal. Que le di la pócima a la doctora para nada.

Sentí un trajín de motores afuera, en la calle. Me asomé para ver.

Era Gardel.

Ni esperé a que abriera los portones, caminara hasta la puerta y la tocara. Rápidamente tomé algunas cosas, las puse en un bolso. Abrí la puerta justo cuando él se acercaba.

Me miró sonriendo. No con la sonrisa matadora de siempre, la de las carteleras de los cines. Era otra la sonrisa. Más triste.

Yo casi esquivé aquella sonrisa. Esquivé sus ojos. Caminé hasta la portezuela de su carro azul. La abrí. Me senté adentro. Seguí llorando. Todo el camino.

Llegamos hasta el Condado Vanderbilt de nuevo; donde todo había comenzado. Esta vez el carruaje no se detuvo en la puerta ni un botones abrió la portezuela para que cruzáramos el recibidor. Esta vez Gardel condujo hasta un lugar señalado de antemano, planificado. Alguien del hotel nos esperaba. Abrió una puertita por donde entramos los dos. Dimos con la misma escalera que aquella tarde del 1 de abril subí pesadamente con mi abuela.

El cuarto estaba vacío. Los muchachos no andaban en la salita de la *suite* ni se oían por ningún lado. Fuimos directo a la cama. Yo cerré los ojos. Dejé que me desnudara, que me acomodara entre las sábanas, que se me tirara encima. Suspiré cuando lo sentí entrar. ¿Temblé? ¿Me complací? No recuerdo. Tan sólo sé que mientras Gardel se movía, yo me vaciaba de mí. Por todos lados salían líquidos como de savia. Por los ojos, por los poros, entre las piernas. Poco a poco me vacié. Entera. Me quedé dormida.

No sé a qué horas desperté. Gardel me miraba.

—Me quedan dos días en tu tierra —me dijo.

—¿Y en qué los vas a emplear?

Por toda respuesta, Gardel me besó.

Estuvimos en el hipódromo. Gardel apostó y perdió una pequeña fortuna. Dimos vueltas en el carro. Fuimos a mi cuartito de Campo Alegre. Hicimos el amor allí. Luego volvimos al hotel. Permanecimos encerrados horas muertas en el aquel cuarto del Condado Vanderbilt. *Suite* cuarenta y cinco, la del inicio. Entramos y salimos por las escaleras de servicio, por la puertita de atrás.

Solos los dos.

Entonces llegó la hora de despedirse. Me llevó de nuevo a Campo Alegre. Entró al cuarto. Me dio un último beso, un último abrazo. Yo pensé en la planta. En la tintura concentrada que tenía para él. Lo que sobrara de la destilación en el laboratorio del Negociado. Estaba segura de que, si sobrevivía a la dosis, su garganta jamás volvería a inflamarse.

Hubiese sido tan fácil dársela.

No lo hice.

—Chau, negra, cuidate —me dijo y se fue.

El 29 de junio de 1935 enterré a mi abuela en el cementerio municipal de Dorado. Fue un entierro sencillo, en el cual los vecinos de La Doradilla cargaron el ataúd de pino en que descansaron los restos mortales de Mano Santa. Se rezó su novenario. Me quedé en La Doradilla para poner sus asuntos en orden, para reclamar legalmente, como estipulaban sus papeles, que se me cediera el título de propiedad de las cuerdas de terreno que componían la finca que se extendía entre montes y matorrales en el sector Mameyales del pueblo de Dorado. Todo pasó a mi nombre.

Cuando en las manos recibí el título de propiedad, quedé asombrada. La extensión de la finca era mayor de lo que jamás supuse. Mano Santa se llevó a la tumba el secreto de cómo se hizo dueña de tal extensión de tierra.

Mercedes Lazú estuvo a mi lado todo el tiempo que duraron esos trámites.

Pensé que lo hacía por codicia. Que me pediría un retazo de mi herencia, algo de las cuerdas que me dejaba mi abuela. Pero no, me equivoqué.

A partir de la muerte de Gardel no hice más que equivocarme.

—Tú sabes qué, Micaela —me dijo una noche en que limpiábamos las dos el rancho, recogiendo los pocos trajes que dejó mi abuela y que queríamos regalar a alguna vecina a quien le hicieran falta—: yo no vuelvo a Luz y Progreso. Ese puesto era de Clementina, yo tan sólo servía para traerle la clientela. Si no va a haber nadie que lo atienda, ¿qué pito toco yo allá?

Interrumpí la faena para escucharla con atención. Quería que supiese que la estaba escuchando. Yo entera, sin remilgos, sin desconfianzas. Hermanada.

—Además, creo que si vuelvo a la ciudad, regreso a que me entierren. Ese tren de vida me está quitando el respiro.

—Y te está engordando los riñones —le dije en son de una pequeña broma.

Reímos ambas, o más bien hicimos el intento de reírnos.

—Clemen era la última amiga viva que me quedaba. Quizás, si me le quedo cerca, no la extraño tanto.

—¿Qué me estás queriendo decir, vieja?

—Que si no te es molestia, me dejes quedarme aquí en La Doradilla. Este ranchón se cae en dos días si no lo vive gente. Yo te pago alquiler, le cuido el huertito a Clementina y de paso te vigilo las tierras para que los vecinos no te suelten sus caballos entre los montes y después vengan con cosas de que esas tierras estaban baldías.

Me quedé un rato pensando en la oferta de Mercedes. Me pareció correcta. Me pareció sobre todo que era un trato que hubiera hecho feliz a mi abuela.

—Trato hecho. Con una condición, que me pagues de alquiler lo que se te vaya en reparaciones del rancho. Mira que son muchas.

Mercedes me miró con sus ojos brumosos y una tenue sonrisa. Eso era lo único que hacía falta para que el pacto quedara resuelto entre las dos.

Sólo después de todo aquello, de volverme dueña de La Doradilla, de enterrar a mi abuela, de regresar a Campo Alegre, fue que pude pensar un rato en la muerte de Gardel. Me lo imaginaba consumido por el fuego del avión y aliviado. Nunca lo lloré. Tampoco hice las paces con él. Más bien lo olvidé; olvidé la tenue herida de su rechazo, el que nunca le eché en cara, la tenue herida de mi complicidad, volviendo a su cama después de que me echó de ella a ver si acababa de infectarme.

¿Por qué quise enfermarme del amor de Gardel? ¿Por qué nunca me di una oportunidad verdadera de contagiarme de cualquier otro cariño? Cerré una puerta y se abrieron otras; pero ninguna me llevó donde un día estuve toda yo, con toda la oportunidad de una muerte que se pudo derramar entre mis piernas. Nunca volví a ser la mujer de un hombre. ¿Acaso logré con esa renuncia hacerme mujer de mí misma?

Muchos años después fui a trabajar a aquella clínica del Hospital Presbiteriano que quedaba casi frente a la casa del doctor Ashford. Cuando regresé ya venía a convertirme en la joven doctora Micaela Thorné, cirujana. Operé sobre muchos cuerpos. Corté muchas trompas de Falopio. Miré siempre maravillada esos tejidos traslúcidos que parecían brillar cuando las bombillas del quirófano rebotaban contra sus superficies acuosas y ensangrentadas. Aquellos folículos, aquellas terminaciones como de hojas, como de tallo fino de planta de carne. Los corté por cientos. Luego caminé oronda por los pasillos del hospital. Me convertí en la única negra que no limpiaba pisos, que no servía comidas, que entraba por la puerta grande del hospital. La única que no estaba allí para que controlaran su capacidad de seguir pariendo hijo tras hijo, presa dentro de la bestialidad de su carne. Yo merodeaba por su selva de adentro, podía ejercer el dominio, tomar muestras, nombrar. Tenía la capacidad de conocer las causas. Me convertí en la doctora Thorné, experta en control de natalidad.

Comencé a estudiar y a publicar mis descubrimientos acerca del corazón de viento.

De la familia de la *Uncaria tomentosa*, conocida en estas tierras como corazón de viento, la planta y su hongo contienen dosis adaptogénicas de hormonas vegetales, y también otros compuestos que se pueden aislar para tratar otros males. Pero sus contenidos hormonales inflaman y desinflaman tejidos, regulan los flujos de la sangre y humedecen o resecan la mucosidad de membranas. Trabajé con la planta por años, por lustros, clasificando sus componentes y midiendo su composición. Así dimos con los nombres de las hormonas y la medida aproximada al combinar sus compuestos hasta lograr un comprimido que evitara la ovulación en las mujeres. Ayudé a la doctora Martha en esa investigación hasta que se puso vieja y se retiró del Negociado de Salubridad e Higiene Materna. Logramos aislar y crear un comprimido de la progestina que sacamos de la planta, pero nuestros resultados no fueron satisfactorios al dárselo a las pacientes.

Pasó el tiempo tan ligero que no me di cuenta. En 1941, a seis años de la muerte de mi abuela y de Gardel, se aplicó por primera vez la penicilina descubierta por Alexander Fleming.

Una simple inyección y Gardel se hubiera curado.

La investigación se siguió llevando a cabo entonces desde la Escuela de Medicina Tropical y los laboratorios de la Universidad de Columbia. Me asignaron a trabajar con el equipo de doctores que siguió aislando los componentes del corazón de viento. Seguí cortando trompas, esterilizando mujeres, pero también trabajando día y noche en los laboratorios. ¿Se lo debía a mi abuela? ¿Aquella fue mi manera de pagar por haberla traicionado? No lo sé. Han pasado muchos años y aún no entiendo la fuerza que me llevó a dedicarme a la investigación del corazón de viento.

Desde el norte llegó la orden. Se nos adelantaron. El doctor Gregory Goodwin Pincus había logrado inventar un comprimido para detener ovulaciones. Lo consiguió al fin gracias a la fortuna de dos mujeres. Mujeres del norte: Margaret Sanger y Katharine McCormick. Frustradas por el poco interés y los escasos fondos que la Federación Americana de Planificación Familiar asignaba a estos y otros experimentos (los nuestros acá en la Isla, por ejemplo), insuflaron recursos a las investigaciones de Pincus y su equipo.

Lo demás fue lo demás. Para que se aprobara el uso de la píldora había que experimentarla en humanos. Más bien en humanas. Puerto Rico fue seleccionado como lugar primario de experimentación porque ya existían en la Isla sesenta y siete centros de control de natalidad operando para la época. Yo misma fui llamada por la doctora Edris Rice-Wray, profesora además en la Escuela de Medicina Tropical, a participar en la administración de Enovid: «la píldora». Cientos de mujeres la tomaron, algunas convencidas de que la pastillita las liberaría de las barrigas recurrentes y de la pobreza. Otras nunca se enteraron de lo que se metían en el cuerpo.

Ayudé a la doctora Edris a recoger información, a darle seguimiento a las pacientes participantes en el experimento. La píldora era a veces tormentosa. Detenía las ovulaciones al cien por ciento, pero de vez en cuando no funcionaba, sobre todo cuando nuestras pacientes, pobres y analfabetas en su mayoría, la utilizaban mal, o insistían en combinarla con otros remedios caseros. El Enovid producía cánceres de mama e inflamaciones temibles. Hacía que nacieran criaturas de dos cabezas. Yo se lo comuniqué así a la doctora y ella al doctor Pincus. Más experimentos fueron llevados a cabo en México, Haití y Los Ángeles, sobre todo entre las poblaciones de braceros mexicanos. Se implementó la administración de un placebo para medir los supuestos efectos secundarios de la píldora. Por más que recopilamos datos, el doctor Pincus consiguió que se aprobara su uso.

Al fin fuimos liberadas de la progenie…

Aquí estoy, ahora, regresando de mi viaje. Estoy cansada y enferma. No tengo un hijo que me acompañe, un hombre a mi lado que me alivie y me cuide. Lo abandoné todo para ser la descubridora, pero fueron otros los que llegaron antes al vellocino de oro. Otros los que transitaron mi camino, pero que contaron con más suerte que la mía, conocieron antes a los mecenas indicados. No pude ni salvar a Gardel ni salvarme a mí.

Muero de melancolía, aunque el mal que me aqueja lleve otro nombre. ¿Cómo se llama este mal? ¿Al fin viene a aliviarme de los viajes emprendidos?

Regresé a Mameyales, a los bosques en los cuales nací. ¿Hice bien en volver al ranchón de mi abuela, entre estas plantas que me susurran al oído? ¿Después de haber visto lo que vi? ¿De haber vivido lo que viví? ¿Es este el lugar correcto de mi muerte? Grandes ciudades de cemento y nieve. Centros de estudios. Torres que rasgan el cielo. Selvas de otros parajes. Merodeé los pasillos del hospital sola, operé sobre los cuerpos, me mantuve aparte, sólo una vez tocada en serio. Una vez bastó. Luego me convertí en la Doncella del Acanto. Aunque después y muy de rato en rato hubo otros, cuando menos me lo esperaba recordaba los dedos de Gardel hurgando la carne de la muchacha que una vez fui y que luego se convirtió en un animal obsesionado y solitario.

¿Acaso fui mujer los veintisiete días que Gardel estuvo entre mis piernas? Los roces, los besos profundos, el resonar de su corazón dentro de mi pecho. ¿Acaso soy mujer ahora que muero sola en este rancho de La Doradilla? ¿Qué es ser mujer en estos tiempos: un juego con la muerte, un eco que resuena en la distancia? Después de todo aquello que viví, ¿acaso es posible el regreso?

¿Ahora que estamos liberadas del cuerpo, no es soledad el nombre de nuestro viaje?